感情が天候に反映される
特殊能力持ち令嬢は
婚約解消されたので
不毛の大地へ嫁ぎたい

シャルロッテ・マロー
天候を左右する公爵令嬢
アズール・シュルトン
魔物を狩る王

ローリー
侍女兼護衛
ダリル・シュルトン
内政を司る王弟
ヴェローナ
平民の少女
セオドア・リベラ
リベラ王国第一王子
主な登場人物

Contents

プロローグ ―――― 3

1章　不毛の大地へ嫁ぎたい ―――― 4

2章　雨祭 ―――― 32

3章　縮まる距離 ―――― 64

4章　渓谷に咲く花 ―――― 103

5章　互いを思う愛と、離れる愛 ―――― 138

6章　国が変わる時 ―――― 176

7章　信じる心 ―――― 201

8章　新芽は風に揺れる ―――― 249

番外編　天へ乞い祈る ―――― 274

感情が天候に反映される特殊能力持ち令嬢は婚約解消されたので不毛の大地へ嫁ぎたい

かのん

イラスト
夜愁とーや

プロローグ

それは、今よりもはるか昔のこと。

美しい緑溢《あふ》れる大地があった。

渓谷《けいこく》には香り豊かな花々が咲き誇り、魔物を退《しりぞ》けて、その国は豊かに発展を遂《と》げていた。

乙女《おとめ》が祈りを捧《ささ》げる。

この国を守ってくれと天に乞《こ》う。

乙女を天は愛し、天は愛《いと》しき乙女の祈りに応えていた。

大地は潤《うるお》い、緑が美しく広がる。

けれどある時、雷鳴が轟《とどろ》き、天は怒りに燃える。

大地を焦《こ》がし、乙女は失われた。

大地は震え、渓谷の花は枯れ落ちる。

魔物たちは目を覚まし、道を見つけた。

美しき大地は不毛の大地へと変わり果てた。

天は待つ。あの愛しき美しい乙女が、大地へと戻ってくることを。

1章　不毛の大地へ嫁ぎたい

「お前が俺に愛されなかったのが悪い。それだけのことだ」

鼻で笑われてそう告げられた瞬間、私はぐっとこぶしに力を入れて、体を強張《こわば》らせながらゆっくりと息を吐く。

感情を露《あらわ》にしないように、顔に笑みを貼り付けたまま、私は今告げられた婚約解消の理由に、心の中が抉《えぐ》られるような思いを抱く。

第一王子セオドア・リベラ様の婚約者に選ばれたのは3年前、私が14歳になった時のことであった。

公爵家の娘として生まれ、年もセオドア様の2つ下と近かったこと、そして私の母の特殊能力について知っていた国王陛下の思惑によって、私シャルロッテ・マローはセオドア様の婚約者に選ばれた。

母の能力を私が引き継いでいる可能性があったからこそ、自国に縛り付けたいという思いが国王陛下にはあったのではないか、と思う。

貴族の令嬢として政略結婚は当たり前であり、王家と縁を結ぶこともあるだろうと以前から考えていたから、決まった当初は、別段何かを思うわけではなかった。

セオドア様は金髪碧眼《へきがん》の麗《うるわ》しき王子様であり、素行も問題はなく、私達はきっと上手くやっていけると思っていた。

そう、3年前の私は、そう思っていたのだ。

けれど今の私は、セオドア様に酷く冷たい態度をとられている。

「どうしてです?……私は、私は……」

どうにか言葉を振り絞るけれど、それに対してセオドア様は、面倒くさそうに大きくため息をつく。

歯車が狂いだしたのは、去年、セオドア様が視察と称して、街に遊びに出かけるようになってからであった。

しかも街に出かける日は、たいてい私とのお茶会や会う約束をしている日であった。

王子という立場上、勉強も忙しく、遊び歩いている時間がないのはわかっていた。けれど、だからといって私との予定を上手く利用して、私との約束をすっぽかして街に遊びに行くというのはいかがなものか。

幾度となくお願いをしても、セオドア様は私の言うことなど聞かず、最終的には怒りだすのである。

王子である自分には時間がない。空いている時間はここしかない。だからいいじゃないかと。けれど、それで、はいそうですか、いいですよ、とはならない。

私自身、勉強の合間を縫ってこの時間を作っているのである。にもかかわらずすっぽかされては、私はその時間を有効に使うこともできず、浪費するだけである。

セオドア様と会えると思って準備してきたことが、無駄になる度《たび》に、心が痛くなった。

そしてセオドア様に、これ以上このようなことが続くのであれば国王陛下に報告すると告げると、セオドア様は急に冷めた表情を浮かべたのちに、婚約を解消すると言い始めたのである。

婚約解消という言葉に、私は衝撃を受けた。そんなに簡単に使っていい言葉ではない。

貴族令嬢の婚約は、そう簡単に決められるものでも、解消されるものでもない。

私の住むリベラ王国では、貴族令嬢が婚約をするのは13歳から16歳の間が最も多く、成人である18歳になると結婚する、というのが一般的である。

私は今17歳。1年後にはセオドア様との結婚を控えており、その準備も少しずつではあるが進んでいた。

だから、意味がわからなかった。何がいけなかったのかもわからず、私は、何が悪かったのか尋ねた。

そして返ってきたのが〝お前が俺に愛されなかったのが悪い。それだけのことだ〟という言葉であった。

自分の中を流れる血液が逆流するのではないかと思えるほど、心臓がうるさくなる。

それを必死に抑えるように、深呼吸を繰り返す。

落ち着け、落ち着くのよ、と心に言い聞かせる。

「お前だって、俺など愛していなかっただろう」

「え？」

告げられた言葉の意味がわからなかった。

愛していなかった？

そんなわけがない。14歳で婚約をして、一緒に出かけ、一緒に過ごし、一緒に語り合った。

そんな日々があったはずだ。

なのに、どうして何もなかったかのような顔をしているのだろうか。

私が、私がセオドア様を愛していないと、そう思っているの？

私は震えそうになるのをどうにか堪《こら》え、言葉を絞り出した。

「お慕《した》い、しております。私は、私はセオドア様を」

「あー。いい。お前のその建前などいらん。はぁぁ。お前のその能面のような顔を見る度に、
こちらがどう感じるか、お前にはわかるか？　それにその香り、いつもお前から香るその甘い

匂いも、俺は苦手だった」

「え？」

能面。それに香り……。

この香水は今は亡きお母様がつけていたもので、この香りがあれば、私は自分を落ち着かせて感情を抑えることができた。

ぎゅっとこぶしに力を入れ、私は自分の中で暴れ回りそうな感情をどうにか抑える。

「……建前では……それにこの香りは」

「建前でないなら、どうしていつもそのように微笑みを携《たずさ》える？　俺が何をしてもその顔で、いい加減に見飽きたわ。その香りもずっと嫌だった。はぁぁ。俺は……俺は俺の言葉に笑顔で楽しそうに笑ってくれる女性がいい。悲しい時には泣いてほしいし、困った時には頼ってほしい。だが、お前はどうだ？　いつもその顔。いつも何を考えているのかわからん」

何を考えているのか、わからない……？

私は貴方が眉を寄せるだけで機嫌が悪いのがわかるし、貴方が頬を指で掻《か》く時は嘘をついているって、その仕草《しぐさ》でわかるのに。

貴方には、私のことなど何1つ伝わっておらず、貴方が私のことなどちゃんと見ていないのだと、そう、気づいた。

同じ価値観を相手に求めてはいけないし、相手が気づいていないからといって、責め立てることはできない。

けれど、それは興味の表れではないのか。

私のことを愛そうとしていたならば、私のことをもっと見てくれたのではないだろうか。

「……私のことなど……興味も……ないのね」

小さく、私はそう呟《つぶや》くと、惨《みじ》めで、口を閉じた。

セオドア様には聞こえないほどの小さな声でよかった。

街に何をしに出かけているのか、調べないわけがない。それなのに、セオドア様は私が気づいていないとでも思っているのであろうか。

私は惨めな嫉妬心を出さないようにしながら、口を開く。

「平民の女性と貴方様とでは、身分が違いすぎます。結婚は難しく、できたとしても、側室もしくは愛人として囲うことになるかと思いますが」

平民と貴族とでは、生活1つにしても全く違う。

セオドア様が何をしに街に向かっていたのか、私は把握している。

女性の働く店に食事に行ったり、一緒に出かけたり、触れ合ったりしている、との報告を受けた時には、嘘だと思った。

だから、忍んでそれをじかに見に行った。

そして報告は嘘ではなく、真実であると知った。

私に正論を言われたセオドア様は、顔を突然真っ赤にすると声を荒らげた。

「そんなことはわかっている！　だが俺は国王となる。結婚する相手くらいは自由にしてもいいだろう！　その他の全てが決められているが、愛した人との結婚くらい、自由でもいいではないか！」

それが本音だろうな、と私は思いながら、あくまでも冷静に提案する。

「……では、私を正妻にして、側室に迎えるのはいかがですか？」

次期国王の妻が平民では、納得する貴族はいない。国王には国王の役割があるのである。だからそう提案したのだけれど、セオドア様にはそれが許せなかったのだろう。

立ち上がると、私めがけて水をかけた。

頭からしたたり落ちた水滴が、ゆっくりと膝上へと落ちていく。

現在この部屋には私とセオドア様の二人きりである。扉は少し開けられており、外には騎士と侍女が待機している。

だからこそ、水滴が落ちていくのを私は静かに感じていた。

「……セオドア様。この国の次期国王になりたいならば、我が家の後ろ盾が必要なはずです」

好きな人に、水をかけられるなどと誰が想像できるだろう。私も今、起こったことに衝撃を受けなかったわけではない。

ただ、それでも自分を押し殺すしか私にはできないのだ。

私とセオドア様が婚約したのは3年前である。3年間も、あったのだ。

一緒に過ごした3年間、悪い思い出ばかりだったわけではない。出会った当初は良い思い出ばかりで、表情がコロコロ変わるセオドア様に私は惹《ひ》かれた。

『今日はシャルロッテ嬢が好きそうなものを用意したんだ』

『笑ってもらえたら嬉《うれ》しいな』

『後で遊ぼう。今日は何をして遊ぼうか』

婚約した当初は、あんなに優しい笑顔を私に向けてくれたのにな。

そう私は想い、息をつく。

私はセオドア様を愛している。

だから、愛しい人のためにと、胸が張り裂けそうになりながらもそう提案した。

セオドア様には1つ下の弟君がいて、弟君の婚約者は侯爵令嬢である。つまり平民の女性と結婚したいセオドア様よりも、後ろ盾のある家である。

我が公爵家がセオドア様の後ろ盾であれば、王位は揺るがないだろう。けれど、平民の女性を妻にすると言い出したセオドア様を、皆は国王に推すだろうか。

けれど、私の想いはセオドア様には届かないらしい。

「うるさい！　婚約は解消だ」

用意していたのか、自分の名前を記載した婚約解消証明書を私に渡すとセオドア様は言った。

「こんな時ですら泣きもしない女など、願い下げだ」

冷たい言葉であった。

私は立ち上がると、前髪にかかる水を指で払い、その場で一礼をする。

「……セオドア様。お慕いしておりました。ですが、貴方様からの婚約解消、お受けいたします。こちらはすぐに記入を済ませ、神殿へ提出させていただきます……これまで、ありがとうございました」

セオドア様は苛立《いらだ》った様子で壁を強く叩《たた》き、私はその背を少しの間だけ見つめる。

セオドア様は太陽のような人だ。

よく笑い、元気よく溌溂《はつらつ》としていて、何事にも全力で。だからこそ、近くにいて惹かれないわけがなかった。

喜怒哀楽が表に出せない私にとっては、憧《あこが》れだった。

どうして私を愛してくれなかったのだろうか。私はこんなにも愛しているのに。

けれど仕方がないのだろう。私が感情を出せずにいるから、セオドア様にとって、私は仮面のような女でしかないのだ。

そして、私とは正反対の、表情のくるくると変わる明るい少女を愛したのだ。

平民であろうと身分差など関係なく、一緒にいて楽しいのだろう。

だけど、ふと思う。

あの平民の少女は知っているのであろうか？

彼女はもともと孤児であり、努力を重ねて生きてきた少女である。私の調べによれば、お金を持っている男性に、より親し気に接する傾向があった。

生きるための処世術だろう。それ自体を私は悪いこととは思わない。

そして、彼女はバカなふりはしているものの、頭の回転は早い。

王子だと知っていたからこそ、あの少女はセオドア様に近づいたのだろうか。

ふと、そんなことを考えるけれど、私は頭を振った。

私が考えても、何の意味もないことだ。

胸の痛みを無視するように、私は瞼《まぶた》を閉じてその場をあとにする。

外に出た途端、侍女達は私の姿に小さく悲鳴をあげ、慌《あわ》てた様子でタオルを用意しようとするが、私はそれを断ると、そのまま馬車へと向かった。

空が一瞬曇り、雷鳴が轟く。

馬車の中で、私は大きな深呼吸を何度も繰り返し、そっと空を見上げる。

先ほど荒れたのが嘘のように美しく晴れ渡った空は、どこまでも続くような澄んだ青をしていて、私は言いようのない気持ちを抱くけれど、深呼吸を繰り返す。

「だめよ。だめ。大丈夫。私は、大丈夫」

自分に言い聞かせるように、私は何度もそう呟く。

遠ざかっていく城を見つめ、もうあの場へは行きたくないなと思いながら、これからどうしたらいいのか、静かに考えた。

公爵家の令嬢としては、結婚しないわけにはいかないだろう。

だけれども、もうこの国にはいたくなかった。

この国にいれば、否が応でもセオドア様と顔を合わせることになる。

そこで、私はふと思いつく。

「あぁ……そうだわ。不毛の大地へ嫁ぎましょう」

不毛の大地ならば、私がどんなに感情を露にしようと、もともと不毛の大地なのだから、問題はないはずである。

その思いつきは、とても良い考えのように思えた。

「帰ったら、さっそくお父様に相談しましょう」

お父様を悲しませることになるなと思うと少し気分が滅入る。けれども、それを露にしないように、また小さく深呼吸を繰り返した。

空が晴れ渡っており、私はほっと胸を撫《な》で下ろす。

天候を無暗に変えてしまわないよう、私は何の感情も抱かないように、呼吸を無心に繰り返したのであった。


シャルロッテ・マロー公爵令嬢。

この令嬢、実のところ、母の能力を引き継ぎ、感情によって天候が変わるという特殊能力を生まれながらに持つ。そして、その能力は年々強くなっている……

そんな彼女が、不毛の大地の国王陛下に溺愛《できあい》されることによって、不毛な大地を肥沃《ひよく》な大地へと変えてしまうことなど、この時はまだ誰も知らないのであった。


「不毛の大地に嫁ぎたいのです」

「不毛の……大地……」

屋敷に帰るとすぐに、セオドア様に渡された婚約解消の書類を手に、お父様に報告に向かった。

泣き出したい気持ちをぐっと堪えて、私はできるだけ正確に、セオドア様に言われた言葉をお父様へと伝えた。

お父様は、無言で私の話を聞いてくれた。そして、話し終えた後、私は小さく息をついてから、父に不毛の大地に嫁ぎたい旨を告げたのである。

お父様は「不毛の大地」と口の中で何度も呟いてから、私の方へ視線を向けた。

「よいのか？　本当に……お前は第一王子殿下のことを、慕っていたではないか」

そう尋ねられ、私はこくりとうなずいた。

セオドア様のことは本当に慕っていた。けれど、これまで散々振り回された挙句《あげく》、側室の提案すらセオドア様は受け入れなかった。

それはつまり、セオドア様は私のことをほんの少しも好きではないということだ。

そう、好かれていないのだ、私は。

セオドア様の言葉の通りなのだ。

ずっとそうなのかな、とは思っていたのだ。

日に日にそっけなくなっていく態度。

仲を深めようと出かけようとしても、会ってくれることさえ稀《まれ》になる。

いくらセオドア様の好きな食べ物を準備しても、好きな紅茶を用意しても、喜んでくれることはなかった。

そして、私は会う約束を反故《ほご》にされた後、調べさせ、報告を聞くのだ。

セオドア様は終始笑顔で平民の令嬢と戯《たわむ》れ、楽しそうにしていた、という姿を。

もう潮時なのだろう。むしろ結婚しなくて良かったのかもしれない。結婚してから好きではないと告げられるよりは、まだ良かった。

私はそう思うことにして、顔を上ると言った。

「よいのです……セオドア様には、もう心に決めた相手がいるようですし……それに、私、もう無理そうなのです」

これまで散々自分の感情を我慢《がまん》して生きてきたけれど、それはセオドア様の妻になるのだ、という思いがあったからだ。

それがなくなった以上、もう自分の感情を我慢して生きていくのは辛《つら》い。

「お父様……私もう、自分の感情を抑えつけて生きていくのが、嫌なのです……それにお母様から引き継いだこの香り、お母様のお気に入りの香水も、セオドア様には嫌がられてしまいました……」

私が幼い頃に亡くなったお母様。私は、お母様から特殊能力を引き継いで生まれていた。

お母様の血筋は、感情で天気を左右してしまうという能力があった。なぜその力を有していたのか、それはわからないけれど、その能力は薄れていたという。

弱いけれど、天気を左右できる能力。お母様も多少その能力を有していたそうなのだ。

国王陛下はそれを把握していたからこそ、私の能力が有用に使えるかもしれないと考え、セオドア様との婚約を推し進めていたのだ。

私はお母様の血筋を色濃く継いでいた。けれどその事実を、私はこれまで必死に感情を押し殺し、息を潜《ひそ》めて生きてきた。

そして、お母様のつけていた香水の香りは、私にとってお守りのようなものであった。

国王陛下は私がどの程度能力を有しているかは知らないはずである。

現在、国王陛下が今回の婚約解消について、把握しているのかどうかはわからないけれど、実際にここに婚約解消の書類がある。

国王陛下の思惑と関係なく、解消できる機会は今しかないだろう。

「お父様、私を不毛の大地に嫁がせてはもらえませんか？」

王都で自分の感情を好き勝手に出すことは難しい。それによって天候を左右して被害を出すわけにはいかない。

けれど、もともと不毛の大地ならば、天候が多少荒れても、問題はないかもしれない。

安易な考えかもしれないが、私はもう限界に近かった。

お父様は、私の言葉にうなずき、私の希望を尊重すると言った。

おそらくお父様は、私がもう限界にきているのがわかっていたのだと思う。

婚約解消の手続きは恙《つつが》なく行われたようで、その日のうちにお父様は婚約解消の証明書を持って帰宅した。

これで本当にセオドア様とは何の関係もなくなったのだな、と思ったけれど、私は一時的にその感情を押し殺す。

今、そのことについて考えたら、様々な感情が溢れてしまいそうだった。

幼い頃から、感情を押し殺す訓練はずっと続けてきている。だからまだ耐えられるけれど、
私は窓の外の青空を見つめて、ため息を漏らす。

「早く……不毛の大地に嫁ぎたい」

嫁ぐ相手が良い人ならばなおいいけれど、婚約を解消された令嬢には何かしら問題があるのだろうと貴族社会では思われがちだ。

ただ救いなのは、これが婚約破棄ではないことだろうか。

破棄だった場合、我が国では「結婚はもう無理だろう」と言われるからだ。

「……はぁ……」

私は両手で顔を覆《おお》いながら、静かに呼吸を繰り返す。

「……まだだめ。我慢よ。我慢」

そう自分に言い聞かせることしかできなかった。

「はぁ……マロー公爵よ。どうにかならないのか」

王座を前に、現リベラ国王の言葉を受け、シャルロッテの父であるマロー公爵は頭を下げたまま言葉を返す。

「第一王子殿下より婚約解消の書類を受け取り、両人が同意して神殿に提出しておりますので、どうにもなりません」

その言葉に国王は大きくため息をつくと、ぎろりと自分の息子である第一王子セオドアを睨《にら》みつけた。

「弁明は？」

低いその声に、セオドアは焦った様子で声をあげた。

「父上！　シャルロッテには了解を得ております！　私は、私は結婚相手くらいは、自分で決めてもいいではないですか！」

国王はその言葉に、わざとらしく大きくため息をつく。

「シャルロッテ嬢から側室の話もあったとか。なぜそれを受け入れなかった？」

セオドアは、その言葉に開き直るように言った。

「なぜ愛する人と結婚してはならないのですか！　それに私はシャルロッテを愛していない！　彼女も私のことを愛してなどいません！」

国王は手に持っていた杖をドンッと地面へと打ちつけた。そして、静かな声であるが、黙らせるような威圧的な雰囲気を漂わせる。

「……お前の目は節穴《ふしあな》か。シャルロッテ嬢のあの献身的な姿を見て……はぁ。もうよい。マロー公爵。愚息が申し訳なかったな」

国王が謝罪を口にした意味を、セオドアはわかっていない。

自身が今まさに見限られたことに、セオドアは気がついていないのだろう。話が移ったことに多少ほっとした様子である。

それを横目で見ながらマロー公爵は、国王が別の手を使ってシャルロッテを王家へと引き入れる前に打って出た。

「シャルロッテは第一王子殿下との婚約が解消され、現在婚約者がいない状況です。しかし、年頃の者達はすでに婚約済み、そこで提案がございます」

「ほう」

マロー公爵は国王の視線に威圧されながらも、しっかりとした声ではっきりと述べた。

「我がリベラ王国は、魔物の森からの魔物の侵攻を隣国シュルトン王国が防いでくれているおかげで魔物被害がありません。そして、シュルトン国王はまだ未婚とか」

その言葉で全てを察したのだろう。国王は顎髭《あごひげ》を撫でながら、しばらくの間瞼を閉じると、片目を開けた。

「……シュルトン王国は、かなり厳しい環境だが」

それこそシャルロッテが求めている不毛の大地だという。魔物が影響しているのであろう。

だがしかし、不毛の大地が魔物の侵攻を防いでくれることで、シュルトン王国は周辺諸国から支えられており、国として機能しているのだ。

もしシュルトン王国がなくなれば、魔物が流れてくることがわかっているから、支援を怠る国はない。

魔物は簡単に倒せるものではない。シュルトンに住まう者にしか倒せないと考えられているのだ。

「娘は、第一王子殿下の元婚約者。この国にいても、明るい未来はないでしょう。静かに暮らしたいと申しておりますので、シュルトン王国でもよいかと。ただ、私の方から娘にしっかりと持参金は持たせる予定です」

指で王座をトントンと叩く国王は、ちらりとセオドアを見た後、小さく息をついた。

「わかった。では私からも、これまでの頑張りを称えて褒奨《ほうしょう》を出す。シャルロッテ嬢にはすまなかったと伝えてくれ」

「ありがとうございます」

これで手打ちか、とマロー公爵は思いながら、上手く話がまとまって良かったとほっと一安心する。

ただ、セオドアは納得していない様子でこちらを睨みつけている。

マロー公爵としては、娘を傷つけられた上にそのような視線を向けられて腸《はらわた》が煮えくり返るけれども、シャルロッテが我慢したのだから、とそれを押さえつける。

その後マロー公爵は国王と褒奨についても話をまとめた後、シュルトン王国と今後連絡を取っていく旨を伝え、屋敷へと帰るつもりであった。

しかし、廊下にてセオドアに止められてしまう。

「第一王子殿下、どうかなさいましたか？」

「マロー公爵。一応言っておくが、マロー公爵家に害をなそうとしたわけではない。わかってくれるな？」

おそらくは、今後の後ろ盾がなくなったことで、マロー公爵がどのように出るのか心配しての声かけだろう。

マロー公爵はにこやかに笑みを浮かべて言った。

「もちろんでございます。殿下のご意思はわかっております。我が家は王国の繁栄を今後も祈っております」

「そうか！　はは。なら良いのだ。遺恨は残したくないのでな」

セオドアはそう言うと、マロー公爵の肩をポンポンと叩いて廊下を立ち去っていった。

その背中を睨みつけた後、マロー公爵は上着をその場で脱ぐと、侍従へと手渡した。

「捨てておけ。では、屋敷へ帰るぞ」

「はい」

シャルロッテがリベラ王国から出て行くと言うほどに傷つけたというのに、涼しい顔をしているセオドア。

たった一人の愛娘だ。

本来ならば、公爵家を継ぐ可能性もあった。だがしかし、王子の婚約者になったからと、マロー公爵は親戚から公爵家を継ぐ跡継ぎを選抜中である。

そんな周りの苦労など何も知らず、娘の悲しみなど顧《かえり》みず、自分勝手なその姿は、王の器《うつわ》にあらず。

マロー公爵はにやりと笑みを向けた。

「若造が。笑っていられるのも今だけと思え」

今でこそ温厚なマロー公爵だが、結婚前は、現在とはかけ離れた性格をしていた。そのことを若い世代は知らないのであった。

その瞳は鋭く、現役時代よりもぎらついていた。

「わからせてやろう」

◇◆◇◆◇

隣国シュルトン国王との婚約は早々に結ばれる運びとなり、私は1か月程度でシュルトン行きの準備を終えた。

隣国へ嫁ぐ場合には、その国に慣れるために、婚約期間中1年は嫁ぎ先の国で暮らすこととなっている。

婚約が正式に結ばれ、準備が整い次第、私もシュルトン王国へと旅立つのだ。

そしてついに出立の日、お父様は私のことを優しく抱きしめると言った。

「私の個人所有の鉱山をお前の名義に変えてある。管理はこちらでするから、お前の口座に利益だけが入るようになっている」

その言葉に私は驚き顔を上げると、お父様は優しく私の頭を撫で、今にも泣きそうな表情であった。

「お父様……ありがとうございます」

そう告げると、お父様はぐっと唇を噛み、大きく深呼吸を繰り返してから言った。

「お前は、本当に、素晴らしい子だ。誰よりも私はお前を愛しているし、お前は幸せになるべきなのだ。シュルトンの若き王は、国交会で会ったことがあるが、彼もまた素晴らしい青年だ。彼ならば、安心してお前を預けることができる」

この婚姻を提案された時にお父様から、シュルトンの王は信頼のおける素晴らしい青年だという話を聞いていた。

ただし、シュルトンは魔物を抑えるために奮闘する王国である。

周辺諸国は魔物の侵入を防ぐからシュルトンを支え、シュルトンは周辺諸国の支えがあるから魔物を抑えることができる。

だが、だからといって、シュルトンが豊かな国かと問われればそうではない。

他の国の支援がなければ生き残っていけない国であり、シュルトンには不毛の大地が広がっているという。

「本当に……よいのか？」

お父様の言葉に、私はうなずく。

「シュルトン王国は、不毛の大地で雨も降らなければ突然雷鳴が轟くこともあるとか。それならば、私がいくら天候を変えても、似たようなものなのではないかしら」

その言葉に、お父様は一瞬、表情を強張らせたけれど、すぐに無理やり笑顔へと変えた。

「あぁ。そうだな……これまで、窮屈な思いをさせてしまって、すまない」

「いいえ、お父様。私、お父様と一緒に暮らせて幸せでした。ですから、どうかそんなお顔をなさらないで」

「……シャルロッテ」

「お父様、私が感情を出さないからといって、お父様が我慢する必要はありませんわ」

「シャルロッテ」

「大好きですわ、お父様。お父様が私と同じように感情を抑えて生活を始めた時は、おかしくて笑っちゃいました。だってお父様、わかりやすいのですもの」

もう一度、お父様は私のことを抱きしめた。温かで、守られてきたことがわかる。

けれど、もうここにはいられないのだ。

寂しい、悲しい、離れたくない。

思い出がたくさんある。

お母様とお父様と共に歩いた庭。暖かな木漏れ日《こもれび》の光。

ここに帰って来られる日が来るのかさえわからない。けれど、もうここにはいられないのだ。

馬車に乗って、お父様に手を振る。

遠くなっていく屋敷と、揺れる馬車。馬車のカーテンを閉めて外が見えなくなれば、馬車の中には侍女と私だけ。

侍女をシュルトンへ連れて行くつもりはない。シュルトンまでの世話係としてついてきている。

シュルトンまでは、転移魔法で送ってもらう手はずとなっており、魔法使いのいる王城へと私は向かう。

転移魔法などの高度な魔法は、まだ王城内でしか使用許可が出されていない。今回は国王陛下の計らいで、私はシュルトンまでは魔法を使って行くことができるのだ。

馬車を降りると、魔法使いが控えていた。王城の一室へと案内されると、私は、魔法陣の描かれているその上に荷物と共に立つ。

「それでは、シュルトンへと」

魔法使いがそう言った時、部屋の中にセオドア様が苛立った様子で突然入って来た。

なぜここに？　と驚いていると、セオドア様は言った。

「お前のせいで父上に叱責された。いいか。私は絶対に彼女と結婚してやる。彼女がこの国の国母となるのだ。羨《うらや》ましいか？　お前が望んだ地位に、別の女性が立つことが！」

私は、胸が苦しくなる。

なぜ？

どうして最後まで、私を追い詰めに来るのだろうか。

窓の外では、突然雷鳴が轟き、雨が轟々《ごうごう》と打ち付け始めた。

だめだ。

感情を制御しなければならない。

私はゆっくりと、大きく深呼吸を繰り返す。

突然現れたセオドア様に魔法使いは驚いているが、すでに魔法は発動しており、私は光に包まれ始める。

私はじっとセオドア様を見つめながら、言葉を選ぶ。

「そうですね……私は、貴方を愛していたから……愛していた私からすれば、それはとても羨ましいこと。でも、もういいのです、殿下。私は、シュルトンに嫁ぐことを決めた今、かつての愛は捨てました。だって、失礼でしょう?」

それは私の決意だった。

セオドア様への想いは、このリベラ王国へ置いていく。

私の心は、婚約者様へと向けなければ失礼である。

セオドア様が驚いたようにこちらを見ている。

「お幸せに。セオドア様の愛が続くことを、心よりお祈り申し上げます」

私は一礼し、魔法使いの光に包まれた。

淡く光り輝く。

体がふわりと浮いたかと思うと、魔法使いのいた王城の明るい部屋とは打って変わって、暗く、乾いた空気の中へと私は降り立つ。

部屋の中には蝋燭《ろうそく》が幾本も焚かれており、窓の外では雷鳴が轟いている。

あまりにも不気味な雰囲気。そんな中、私は目を丸くする。

「シャルロッテ・マロー公爵令嬢。よく来てくださいました」

低く、落ち着いた声が響く。私がそちらへと視線を向けると、そこには黒い甲冑《かっちゅう》に身を包んだ大柄な男性が立っていた。

2章　雨祭

暗い闇には相応《ふさわ》しくない、闇色の髪と輝く黄金の瞳。雷鳴が轟いた瞬間に、その甲冑と頬に、真っ赤な鮮血が付いているのが見える。

突然のことに衝撃を受けたけれど、挨拶《あいさつ》をしてくださったのだとハッとすると、私は、できる限り丁寧に一礼をする。

「ご挨拶が遅れました。リベラ王国公爵家から参りましたシャルロッテ・マローと申します」

「俺はアズール・シュルトンと言います。貴方の……婚約者です」

なぜか少し呼吸が荒く、そして顔は赤く血で染まっている。

そんなアズール様の横にいる騎士数名が、慌てた様子でアズール様の顔や甲冑に付いた血をタオルで拭《ぬぐ》い、下がる。

逆に、血が付いたタオルが生々しくて、私は頬をひきつらせてしまう。

「……すまない。その、魔物が突然出没したので、急いで狩ってきたのだ」

「狩って……そ、そうなのですね……」

突然のことに心臓が跳ねて、いろいろな意味でドキドキとしてしまう。

はっきり言って、先ほどのセオドア様の一件が、アズール様のその衝撃的な姿によってかき消されてしまった。

これが、魔物の侵入を防ぐシュルトンの日常なのだろうか。そうであれば、早々に慣れなければならない。私はどうにか笑みを浮かべる。

まずはここでの生活などいろいろ教えてもらいたい。おそらくそうしたことを教えてくれる侍女がいるだろう、と思ったのだけれど、この部屋には甲冑姿のアズール様と、数名の騎士がいるだけである。

「では、まずは王城の部屋へと案内します」

「え？　あ、はい」

まさか、アズール様自らが案内してくれるとは思わず、私は驚いてしまう。

手を差し出され、エスコートだと思い手を重ねると、一瞬アズール様がぎょっとしたような視線を私に向ける。

その視線に、私は違ったのだろうかとびくっとしてしまう。

けれど、何事もなかったかのようにアズール様は歩き始めた。先ほどの視線は一体何だったのだろうか、と内心で思いながら、私も一緒に歩き始める。

場内は薄暗く、魔法具の明かりが灯《とも》してあるのだけれど、窓には鉄格子がはめられており、おどろおどろしい雰囲気であった。

　リベラ王国とは雰囲気からして全く違う。

「この城は鉄壁の守りです。もしも魔物がここまで侵入してきても、城の中に入ることはありませんので、ご安心くださぃ……まぁ、ここまで侵入させたことはないのですが」

　なるほど、そのための鉄格子なのかと思っていると、アズール様は歩きながら、今いる場所などを説明してくれる。

「このシュルトン城には、移動のための魔法陣がいくつか作られています。おそらくそちらの国のものとは違い、魔法使いが常駐しなくても移動することが可能です。緊急避難用も数多くあり、友好条約を結ぶ国へと繋《つな》がっています」

「シュルトン王国には、様々な工夫があるのですね」

　そんな会話をしながら、部屋へと着く。

　中に入ると、外とは違って可愛らしい雰囲気の部屋で、私は意外だなと驚いた。

「……ここは私と貴方との共同の私室です。あちらの扉が貴方の部屋で、こちらが私です。どうぞ座ってください」

「はい」

　共同の私室という言葉にドキドキしながらうなずくと、私は示された椅子に腰を下ろした。

そこでやっと侍女らしき人が来たのだけれど、その服装はリベラ王国とは違い、上は防具付き、下は女性であるがズボンというものであった。

不思議に思っていると、アズール様がすかさず説明をしてくれた。

「彼女はローリー。シャルロッテ嬢専属の侍女兼、緊急時は護衛となります」

「え？」

聞きなれない言葉に私が小首を傾《かし》げると、アズール様は机の上に地図を広げ、さらに別の資料を横に並べる。

「まず第一に、我が国は常に危険と隣り合わせの国である、ということを、シャルロッテ嬢には認識していただきたいのです」

「はい」

挨拶もしっかりしていないのに、突然王国の事情と説明に入ったことに多少驚きながらも、アズール様の話を聞く。

シュルトン王国のことは、急ぎではあったけれど、婚約と移動の準備を行いながら学んできた。

ただ、その学びとここでの説明には、やはり差異があった。

「巨大な渓谷の向こうは、魔物が住まう広大な森があります。そして、その渓谷に開いた隙間《すきま》が、魔物達が外に出てくる道となっています。他の場所から出てきたという報告はこれまでなく、理由はまだ解明できていませんが、魔物はここを必ず通ります。そして、ここにあるのが我が国、シュルトン王国です」

「はい」

「魔物の警鐘は5つ。1つ鐘は魔物出現確認初動討伐、2つ鐘は魔物侵入初動援軍合流討伐、3つ鐘は援軍要請後合流討伐、4つ鐘は第二援軍合流討伐民避難、5つ鐘は全軍出動民避難命優先」

あまりにも物々しい雰囲気に私が息を呑《の》むと、アズール様がはっきりと言った。

「これがこの国の実情です。婚約を解消し国に帰るならば、今即決すべきです。ここは不毛の大地に魔物が侵入してくる国。貴方のように美しい方が、意気揚々と来るところではありません」

アズール様の優しさなのだろう。

私は静かに呼吸を整えると、窓の外へと視線を向けた。

乾いた空気に雷鳴が轟くその重々しい雰囲気。私が求めていた場所である。

たとえ危険だとしても、ここでならば、私は感情を隠す必要はない。

私にとっては、危険と天秤《てんびん》にかけたとしても、いたい場所に間違いなかった。

そう、ここでならば、心から笑って、心から泣いて、心から自由に過ごしていけるのだ。

そう思った瞬間、私の胸は軽くなり、今まで張り詰めていた表情が崩れ落ちて、自然に笑みが浮かんだ。

「後悔はありませんわ。どうぞアズール様。末永くよろしくお願いいたします」

そう告げた瞬間、空気が一瞬で変わった。

「なん、だ?」

アズール様が窓の外へと視線を向ける。

「嘘だろ」

灰色の雲の合間から光が差して、青空が一瞬垣間見えた。

それに驚いたのは、おそらくその場にいた人ばかりではない。外から人々のざわめきが聞こえた。

しかし厚い雲で、すぐに青空は見えなくなる。ただ、外のざわめきはまだ続いていた。

アズール様は慌てて視線を私へ戻すと言った。

「すみません。我が国には珍しいことなので……。話を戻しますが、本当にいいのですか? 貴方のように美しい女性であれば、嫁ぎ先などいくらでもあるのでは?」

その問いかけに、私は笑顔で返した。

「私の事情は父から手紙でお知らせしたと思います。私は、ここに嫁ぎたかったのです。それにシュルトン王国としても、リベラ王国との繋がりが婚姻によって深まるのは良いことではないでしょうか？　我が父は私をとても大切に思っておりますので、シュルトン王国を裏切ることはないでしょう」

そう告げると、アズール様は眉間《みけん》にしわを寄せた。それから立ち上がると私の前へと跪《ひざまず》く。

「シャルロッテ嬢。私の言い方が悪かったですね。貴方のような美しい女性が我が国に嫁いでくれるとは夢のようで、勘ぐってしまったのです。本当に私の婚約者になってくれるのならば、私は誠心誠意、大切にいたします」

血だらけの状態で現れた時には、少し不安になったけれど、そう告げられ、私は良い人そうで良かったと思った。私はアズール様の手を取り、うなずいた。

「よろしくお願いいたします」

握ると、その手はごつごつとしていて、これまで幾度となく剣を振るってきたのだとわかった。

「えぇ。その……婚約者となったのだし、口調を崩してもいいでしょうか。あまりこのようにしゃべることは少なくて」

そう告げるアズール様は少し可愛らしくて、私はうなずいた。

「もちろんですわ。私はもともとこの口調ですので、お気になさらないでくださいませ」

「よかった。ありがとう、シャルロッテ嬢。これからよろしく頼む」

「はい。アズール様」

私達はまだ出会ったばかりで、愛や恋といったものが間にあるわけではないけれど、このように笑顔を交わせるのは、なんて素敵なことだろう。

そう思うと、少し胸が痛む。

婚約者として普通のことのはずなのだ、これが。

相手を思いやり、心を通わせる努力をすることが。

それがセオドア様とはできなかったから、ここにいる。だからこそ、今度こそは、という想いが私にはある。

その後、アズール様から国の説明や、シュルトンでどのように過ごしていくのかなどの話があった。

使用人の紹介や、シュルトン城内の案内などをされているうちに時間は過ぎていき、夕食を一緒に済ませたのち、私達は別室へと分かれたのであった。

私はローリーに手伝ってもらい入浴を済ませ、シュルトン王国の寝巻や洋服についての話を聞いた。

緊急事態に備えて、シュルトン王国では女性も常に動きやすいズボンを履《は》いているらしく、私は持ってきたドレスや、あとで父が送ると言っていたドレスは着る機会がなさそうだなと思った。

ローリーも下がり、私は部屋に一人、ソファに腰掛けて外を眺《なが》めていた。

寝室は結婚式までは別なので、私は個人の部屋に一人でいられるのだ。

窓には全て鉄格子がはめられており、少し怖い感じはするけれど、窓辺に寄って外を見ると、暗い中に、遠くの方に見張り台の灯火《ともしび》がいくつか灯っているのが見えた。

「国によって違うのね」

そう呟いた後、私はベッドへと移動すると、そこにごろんと横になる。

天井を見つめながら、私は静かに息を吐く。

「……ついに来たのね。ここなら……私、自由に生きられる気がする」

瞼を閉じると、今でもセオドア様の言葉を思い出してしまう。

これまで堪えてきた感情が、ゆっくりと私の胸に押し寄せてくる。

あぁ。ここでならば、どれほど泣いてもいいのだ。

「……愛していたのに、なぜ伝わらなかったのかしら」

本音がこぼれ、涙が一滴落ちたのを皮切りに、ぽたぽたと溢れ出てくる。

こんな風に泣いたことはない。

こんな風に感情を露にしたことがなかったため、私は自分のことなのに、どうしたらいいのかわからず、枕に顔を埋めた。

セオドア様は私にとっての初恋だった。だからこそ一生懸命だった。

けれど、私の気持ちは1つも届かず、セオドア様は街で出会った平民の少女にどんどん惹かれていったのだ。

私がいるのに。そう思い、街に様子をこっそりと見に行ったこともあった。

私には向けてくれない笑顔を、少女に向けているのを見て、私は苦しくて仕方がなかった。

そんな思いすらずっと吐き出せず、私の胸には積もりに積もった悲しみが溢れていた。

だから、涙が溢れ出てきてしまう。

もう何に悲しみを抱いているのか、なぜ涙が溢れてくるのかわからない。

涙の止め方がわからず、涙で枕が濡れていく。このままではだめだと、タオルで目を押さえつけて涙を止めようとするけれど、やはり止められない。

窓の外へと視線を向けると、強い雨が降り始め、うるさいくらいの雨音を響かせている。

これならどれほど泣き声をあげてもバレなさそうだ、と思っていたその時であった。

「シャルロッテ嬢、すまない……その、泣き声が聞こえて……大丈夫だろうか？」

共同私室への扉がノックされ、アズール様の声が聞こえた。

私は驚いてどうしようかと立ち上がると、鍵を開けて扉を開いた。

「あ……す、すみません。うるさかったですか？」

涙がぽたぽたとこぼれ落ちる中、アズール様を見上げると、アズール様は驚いた表情を浮かべ、慌てた様子で言った。

「何かあったのか？　すまない。俺は普通の人よりもかなり耳が良くてな……君の泣き声が聞こえて……何が、あったのだ？」

こちらを心配する窺《うかが》うような瞳に、私はどう答えたらいいのだろうかと思っていると、アズール様が私を共同私室の方へと手招いた。

「お茶でもどうだ？　先ほど執事に準備してもらっていたのだ。さぁこちらへ」

「すみません。はい」

私はアズール様に招かれるままに共同私室へと入り、ソファに腰掛けると、アズール様が手慣れた様子でお茶を淹《い》れてくれた。

私は温かなそれを一口飲むと、ほうっと息をついた。

すると、涙がやっと止まってきた。

アズール様はハンカチを出すと、私の瞳からこぼれた涙を優しく拭った。

優しい人だなと思いながら、私は正直に答えることにした。

「私が婚約を解消したことはお聞きになっているかと思うのですが、私、これまでずっと感情を抑えてきておりまして、それで、ここに着いたら、なんだか涙が止まらなくなってしまって……お手をわずらわせてしまい申し訳ありません」

私の言葉に、アズール様が眉を少し寄せる。

「一応、その、お父上から手紙で聞いてはいるんだが……もしよければ、もう少し事情を聞かせてもらえないか？」

私はいいのだろうかと思い尋ねた。

「あの、お気を悪くされるのでは？」

「いや、君のことを知りたいんだ。嫌でなければ聞かせてほしい」

父からは、第一王子側からの要請で婚約を解消したとだけ伝えている、と聞いている。

私は話せる部分だけを選びながら、静かに口を開いた。

「そんなに難しい話ではないのです。一部話せないところがあるのですが、簡単に言えば、私は好きだったけれど、第一王子殿下は私のことを好きではなかった、というだけの話なのです」

簡単にざっくりとそう言うと、アズール様は私のことをじっと見つめてきた。

「……好きだったのか」

そこを尋ねられるとは思っておらず、私は小さくこくりとうなずいた。

「あ、でも、もう今はすっきりしています。私が第一王子殿下に愛してもらえなかっただけの……ことっ」

そう呟いた瞬間、私は自分の中に抑えていたセオドア様の『お前が俺に愛されなかったのが悪い。それだけのことだ』という言葉を思い出してしまい、また涙が溢れてきてしまう。

これは未練ではない。

未練はもう断ち切り、セオドア様への感情はリベラ王国に置いてきた。

この涙は、今まで堪えてきたものが、溢れ出てしまったのだ。

もう泣きたくないのに、フラッシュバックするように頭の中にその言葉が思い出されて、胸の中が締め付けられる。

「す、すみません。もう、割り切ったつもりではいるのですが……」

こんなにめそめそとした女でいたいわけではない。愛情はもう打ち消してきたと思っているのに、どうしても、記憶が蘇《よみがえ》ってくるのである。

私の頭を、アズール様が優しく撫でた。

「君は優しいのだな。だから全部自分のせいにしてしまう」

「え？」

「……すまないが、こちらも王国のこれからがかかっているので、ある程度は調べさせてもらったのだ。だから、君が悪くないことは知っている」

その言葉に、私は首を横に振った。

「いいえ。私が、愛してもらえなかったのがいけないのですわ。すみません」

「ふむ。なるほど……わかった。では、俺が貴方をこれからはしっかり愛そう」

「へ？」

突然の提案に戸惑うと、アズール様は私の手を握り、歯を見せて笑った。

「俺の妻となる人を、これから誠心誠意愛し、愛《いつく》しみ、そして大切にすることをここに誓う。もちろん浮気などしない。当たり前だがな」

髪の毛を指ですくわれて唇を落とされる。その仕草に私はドキドキと心臓がうるさくなるのを感じていると、真っすぐな視線を向けられて顔が熱くなった。

先ほどまでうるさいくらいに聞こえていた雨音がピタリと止まり、アズール様が窓の方へと視線を向けた。

「やんだ……か。だが、本当に久しぶりの雨だったな……明日は雨祭だ」

「え？」

アズール様は私の頭を撫でながら言った。

「魔物は雨が嫌いなようで、雨が降ると現れないのだ。だから、雨が降った翌日は雨祭が街で開かれる。城下町ではあるが、そこまで大きな町ではない。皆で雨を喜んで祭をするのだ。明日一緒に行こう」

そう告げられ、私は楽しそうだなと心が浮き立つ。

「はい。ぜひ、一緒に行きたいです」

「あぁ。ふふふ。君が来て雨が降ったからなぁ。明日、君は皆に幸運を運んできたと言われるだろうから、覚悟をしておいた方がいい」

「え？」

笑顔でまた優しく頭を撫でられたのであった。

私は、アズール様のおかげで、明日を楽しみにしながらその日は夢に落ちたのであった。


私はその夜、夢を見た。

幼い頃の夢であった。

母と一緒に部屋でお気に入りの香水を振り、それから手を繋いで庭へ散歩に出る。

庭には暖かな春の日差しと、花の香りが広がっていた。

「ねぇお母様。どうして私とお母様は、泣いたり怒ったりしてはいけないの？」

昔からずっと繰り返し、母から感情を制御する方法を教えられて育ってきていた。

幼いながらにずっと疑問はあり、そう尋ねると、母は困ったように微笑みを浮かべた。

「お母様は、シャルロッテのお父様という絶対に守ってくれる人がいるから大丈夫だけれど、シャルロッテには、まだシャルロッテを絶対に守ってくれる人がいないでしょう？」

「え？　お父様は？」

「うーん。お父様は守ってくれるけれど、ずっと守れるわけではないのよ」

「……うーん。結婚する未来の旦那様ってこと？」

「えっと、まぁ、そうね」

「それならいないなぁ」

私がそう答えると、お母様はふんわりと微笑んで、私の頭を撫でながら言った。

「貴方は私よりも遥かに能力が高いから、だからこそ、しっかりと守ってくれる人がいなければならないの。そういう人が現れない限りは、貴方の能力を知られないようにしなくては、危ないのよ」

「危ない？」

お母様は悲しそうに目を伏せた。

「えぇ。この能力を欲しがる人間がいるのよ。そういう人達は、こちらの感情など無視してしまう。だから、そういう悪い人達に気づかれないようにしなくてはね」

「もし気づかれちゃったら？」

「大丈夫。シャルロッテにはきっと素敵な王子様が現れて、ずっと守ってくれるわ。そういう人に出会えたら、素直に自分の能力のことを告げて、そして共に協力しながら困難を乗り越えていくのよ？」

「守ってもらうのではないの？」

「うふふ。だって最近のお姫様は、守られるだけじゃつまらないでしょう？」

お母様はいたずらっぽくウィンクをして笑う。なんだか言っていることが違うな、なんてことを子どもながらに思っていると、水が足りないのか元気のない花を見て、空に向かってお母様が祈りを捧げた。

すると、霧雨が一瞬だけ優しく降り、地上を潤す。

花は一瞬で、生き生きと蘇る。

「すごい！」

「私達の能力は天に愛されているの。だからね、こうして祈れば応えてくれるのよ。でも、これは内緒。とっておきの秘密よ」

お母様の言葉に、私は首を傾げた。

「なら、どうして私達の感情で、天気が変わっちゃうの?」

困ったようにお母様は眉を寄せる。

「どうしてかしらねぇ。それがわかったら、お母様も貴方のために何かしてあげられるのにね」

「うーん……わからないことがいっぱいあるのね」

「えぇ。この世界にはたくさんわからないことがある。でも確かなのは、貴方を世界で一番大切にしてくれる人が絶対にいるってこと。もし見つけたら、その人を信じてね」

「現れると、いいなぁ」

優しい風が吹き抜けていく。それからしばらくして母は突然、病気で亡くなった。

それがショックで、私は今までその記憶を全て忘れてしまっていたのだと思う。

瞼を開けると、私の瞳から涙が一筋こぼれ落ちていく。

「お母様……」

久しぶりに見るお母様の夢。

懐《なつ》かしさと寂しさを抱くけれど、お母様の言葉が私に勇気をくれる。

「アズール様には、この能力について、いつか告げなければいけないわね……」

私はそう思ったのであった。

◇◆◇◆◇

乾いた不毛の大地。シュルトン王国は人間が暮らすのは困難な土地だ。

作物は植えても育たず、雨はめったに降らない。

魔物の発する瘴気《しょうき》がその原因ではないかと言われている。シュルトン以外の近隣の国は比較的豊かな土地が多い。

そんなシュルトン王国だが、国は豊かでないわけではない。

農作物に関しては絶望的だが、他国からの支援によって物資はかなり豊富であり、シュルトン王国を通して他国同士の流通が潤っていたりする。

シュルトン王国の王であるアズール様は魔物の討伐を中心に引き受け、国交関係はアズール様の弟のダリル様が全てを担《にな》っているのだという。

二人は仲が良く、私との婚約を誰よりも推し進めたのは弟のダリル様なのだという。

二人は全く似ておらず、アズール様は逞《たくま》しく屈強なイメージなのに対し、ダリル様は片眼鏡をかけており、髪色と瞳の色は同じでも細身であった。

雨祭に行こうと誘われた朝、私は準備を済ませると、アズール様と一緒に広間へと向かい、そこでダリル様を紹介されたのだ。

ダリル様は嬉しそうに私と握手をすると、楽しそうな口調で言った。

「本当に兄上と婚約してくれてありがとうございます。これでリベラ王国とも深く付き合っていけそうです。シャルロッテ様は女神様ですね！」

婚約解消をした私であったけれど、こんなにも歓迎してくれるのかと思っていると、ダリル様はにやっと笑った。

「これまで何があったのかは私も聞いています。ですが、ちゃんと情報は把握しておりますのでご心配なく！　シャルロッテ様は我が兄の元で幸せになればいいのです！」

似ていないように思えて、似ているところもあるのだなと思った。

「ありがとうございます。私も、この王国に貢献できるように頑張っていきますわ」

そう告げると、ダリル様は嬉しそうにうなずく。

「えぇ。シャルロッテ様が優秀な女性であることも存じています。本当に我が国に来ていただけてありがたい！　では雨祭を楽しんできてくださいね！」

「ありがとうございます」

「シャルロッテ嬢。では行こう」

「はい」

アズール様に手を引かれ、私は歩いていく。いつもと違いドレスではなく、雨を弾く布で作られたシャツとズボンで、靴もブーツを履いている。どのように作ったのだろうかと思っていると、シュルトンで作られたもので、かなり丈夫だと聞いた。

着なれない服であったけれど、歩きやすく動きやすい。サイズがぴったりであることに驚くと、お父様を通してシュルトンのデザイナーとリベラのデザイナーとで連絡を取り合って作ってくれたのだという。

私が知らない間に準備していてくれたことを、ありがたく思いながら、負担ではなかっただろうかと思う。

「ありがとうございます。すみません。このように配慮していただいて。この洋服もありがとうございます」

「婚約者殿に尽くすのは俺の特権だろう。シャルロッテ嬢にはこんな不毛の土地に嫁いでもらうのだ。このくらい、たいしたことではないさ。さ、馬に乗っていこう。一緒に乗るつもりだが、大丈夫か？」

城の外には馬が用意されており、黒くて大きなその馬に、私は一瞬たじろいでしまう。

普通の乗馬用の馬であれば乗ったことがあるのだけれど、この馬はそのような馬ではないと一目でわかる。

私が見てきた馬よりも、遥かに大きく雄々しい。

「立派な馬だろう。俺の愛馬のテールという。どのような戦場だろうと臆せずに走っていく勇気ある馬だ。魔物を怖がることもない」

なるほど。だからこのように逞しいのかと私は思った。

貴族が乗るような馬とは雰囲気が全く違う。

筋肉が盛り上がり、その瞳は全てを見透かしているかのようだ。こちらを見てフンッと鼻息を漏らす。

「逞しい馬ですね」

アズール様ほどの屈強な男性を乗せて魔物討伐に走るのだから、馬もしっかりとしていなければならないだろう。

「あぁ。さぁ行こう」

アズール様は先に馬に乗ると、私に手を伸ばす。その手を掴《つか》むと、私はアズール様に軽々と引き上げられてしまう。

そして、すっぽりとアズール様の前に座る形になると、安定感がすごくあった。

最初は怖いかと思ったけれど、安定感があるからそう感じることもなかった。

「君は小さいな……最初手を握った時にも思ったのだが、もう少し筋肉をつけられたらいいのだがな。緊急時に備えて少し鍛えた方がいいかもしれない」

「え？」

「魔物討伐に出向けば、俺は君の傍《そば》にいられない。もし君がその間に魔物に襲われたら、と思うと、かなり心配なのだ。まぁそんなことにはならないように、俺が戦場で魔物を倒すわけなのだが」

婚約者ではあるけれど、まだ出会ったばかりなのに、どうしてこんなにも大切にしてくれようとするのだろうか。

私はそれが不思議だった。

「まぁとにかく、今は雨祭を楽しもう！　行くぞ！」

馬が駆け出し、大きく揺れる。風が吹きつけて、私はその光景に目を見開いた。

空は薄暗く、空気はまた乾いている。けれど、馬で駆けた瞬間、世界が一変した。

速い。

視線を上げてアズール様を見上げると、楽しそうな様子であった。

街に着くまでは一瞬であった。私は人々の賑《にぎ》わいに驚いた。

露店が出て、人々は笑顔で賑わい、良い香りがした。皆が笑顔であった。

「楽しそう」

「あぁ。さぁ行こう」

後ろからついてきていた従者に馬を任せ、アズール様は私と共に街を歩き始める。

「アズール様！　昨日は良い雨でしたな！」

「久しぶりの天の恵みですね！」

「あぁそうだな。皆、我が妻となるシャルロッテ嬢が昨日到着した。天もそれを喜び、雨を降らせたのだろう」

街の人々に声をかけられたアズール様がそのように答えたことに私が驚いていると、街の人々の賑わいはさらに増した。

「なんと！　リベラ王国の公女様ですか！　やっとご到着で！」

「こりゃめでたい！　祝いだな！　我が国王アズール様と、婚約者シャルロッテ様に祝福を！

乾杯！　シャルロッテ様が来たことを天が喜んだのだ！」

「乾杯！　天の祝福あれ！　シャルロッテ様が幸運を運んできたのだ！」

「素晴らしい公女様だ！」

もうすでに酔っているのか、皆の顔は赤く、そのため喜び方も大げさであった。

飲み物を持っていた人々は天にそれを捧げ、何も持っていなかった人々も次々に飲み物を手に持ち、こちらに向かって乾杯というようにグラスを上げる。

アズール様も街の人から飲み物を差し出され、私も渡された。

「こらこら、シャルロッテ嬢に酒は……」

「あ、私……頂戴《ちょうだい》します。せっかくいただいたのですもの。この国の習わしならば、ぜひ」

「大丈夫か？　シュルトンでは15歳から飲酒はできるので、シャルロッテ嬢が飲むのであれば止めないが……無理はするものではないぞ？　それにここには、君の国のように毒見役もいないし……」

「これがシュルトン王国の歓迎ならば、ありがたく受けたいのです。いいですか？」

「ふっ。あぁ。もちろんだ。乾杯」

「はい。乾杯！」

私達はグラスを合わせ、街の人々と乾杯をする。

街に到着した直後にこのように酒を酌《く》み交わすとは思っていなかった。これまで貴族社会で生きてきた私には初体験であった。

けれど賑やかで、すごく楽しい。

お酒も強いものではなく、甘くて美味しかった。

一口飲むと、体がぽかぽかとしてきていい気分になる。

「大丈夫か？」

私のことを心配するアズール様に、うなずいて見せた。

「はい。大丈夫ですわ。シュルトンのお酒は美味しいのですね」

「そう、だな。俺は好きだが、あまり慣れていないのだから、たくさんは飲むものではない」

アズール様はそう言うけれど、とても美味しくて、ごくごくと飲めてしまう。

お酒とはこのように美味しいものだったのかと思っていると、なんだかふわふわとした気持ちになってきた。

「ふふ。ふふふふ！　楽しいです、アズール様。すごく、楽しいです！」

心が晴れやかで、私は笑い声をあげる。

ここでは自由だ。そう思うと、手渡されたお酒がさらに美味しく感じられた。

これまでは、酔って感情に変化があってはいけないと、飲んだことさえなかった。けれどここであれば大丈夫。

たとえ私が、どのような寛恕《かんじょ》を露にしても大丈夫。

その安心感が私の心を軽くした。

「ふふふ！　アズール様！　ふふふ！　楽しいです！」

私がそう声をあげると、アズール様は心配そうな顔を浮かべ、それから近くにいた者に水を持ってくるように頼んでいた。

アズール様はお酒ではなくて水を飲むのであろうか。

こんなに美味しいのにもったいないな、なんて私は思ってしまう。

「あー美味しい。こんなに美味しいなんてびっくりです」

「うーん……シャルロッテ嬢。大丈夫か？」

「はい！　私、とっても、とーっても楽しいです！」

次の瞬間、厚くかかっていた雲が光によって十字に分かれ、青い空が見える。そこから太陽の暖かな光が差し込み始めた。

人々はざわめき、空を見上げる。

「これはっ……空が」

「青空だ」

「わああぁっ。綺麗《きれい》」

天から降り注ぐ美しい光。そして歓声が上がった。

アズール様も驚き、私の方へと視線を向けた。どうやら私のことを心配しているのか慌てている様子だ。

「この国は雨が嬉しいんですよね。ふふふ。雨よ～ふれふれ～心地よく～」

「シャルロッテ……嬢？　酔っているのか？　まさか、まだ数口だが」

この人は優しい人だなと思った。幸せになってほしい。

私は身勝手な理由でこの国に来た。自由になりたかったから。

だから、できることは何でもしたい。

雨が降ったらいいのにな、とそう思って、私は少し楽しくなって歌を歌う。

「雨よふれふれ～心地よく。どうか空よ～雨よふれふれ～心地よく～。お願いですぅ。雨よ降ってくださいませぇ～～～～」

私がふわふわとした様子で歌うと、空がゴロゴロと音を立てた。

「シャルロッテ嬢にお酒は強すぎたようだな。まだ街に来たばかりだというのに……水はまだだろうか。先ほど頼んだのだがなぁ」

そうアズール様が頭を押さえて困ったように呟いたのが聞こえた時、ポタッと、青い空から雨粒が落ちた。

ポタ、ポタっと、それは音を立てていく。

「え？」

皆が驚いた様子で空を見上げる。

「雨？」

「あ、あれは」

大きな虹がかかり、雨が心地よく薄霧のように降り始めた。

美しいその光景に人々は天を見上げ、歓声が次第に上がり始める。

アズール様が私の方を見た。視線が重なり合い、私は、この国に来られて、この人の婚約者になれて良かった、と思った。

まだ会って間もないのに不思議だけれど、一緒にいるとすごく安心する。

「シャルロッテ嬢……君は、天からの贈りものなのではないだろうか」

真面目な顔でそう言われ、私は首を傾げてしまう。

「え？」

アズール様は微笑みを浮かべると声をあげた。

「乾杯だ！　今日ほど素晴らしい日はない！　神が我々を祝福している」

人々はアズール様の言葉に沸き、町の広場に皆で進んでいく。人々に流されるように進んでいくと、広場には音楽が流れ、皆が楽しそうに踊っている。

私はアズール様に手を引かれて輪に加わったのだけれど、踊りの作法など何もわからない。

どうしようかと思っていると、皆、心の赴くままに踊っているようであった。

「楽しめばいい。さぁ踊ろう！」

アズール様は歯を見せて笑うと、私の手を引いて踊り始めた。

途中で抱き上げられてくるりと回された時には驚いたけれど、周りの人達が楽し気に手を叩いて盛り上げてくれた。

「素晴らしい方が来てくださったな！」

「雨に好かれているようだ！」

様々な声が上がる中、私は初めて外で大きな声をあげて笑った。

「シャルロッテ嬢！　さぁ、踊るぞ！」

「はい！　アズール様！」

こんなに楽しくていいのだろうか。

今までの日常から脱して、早々にこのように自分の気持ちが晴れやかになるなどと思ってもみなかった。

温かな雰囲気に私は嬉しく思いながら、雨祭を終始楽しんだのであった。

3章　縮まる距離

次の日の朝、私は頭が痛くてこめかみを押さえていた。

頭を何かで叩かれているかのように、ガンガンと響く。

「うぅ……何かしら、これ」

私はそう言って体を起き上がらせると、扉がノックされ、ローリーがカートを押して部屋に入ってきた。

私はその様子に片手を上げて答えようとするのだけれど、ふらふらして立つのもきつい。

「おはようございます。大丈夫ですか？　こちらを。酔い覚ましの薬湯です」

手渡された薬湯からは苦そうな匂いがする。

これが二日酔いというものなのだろうかと思いながら、私はぐっと一気に薬湯を飲み干した。

しばらくの間は苦さと気持ち悪さで悶絶《もんぜつ》したのだけれど、ローリーが差し出してくれた飴《あめ》を口へと入れてほっと息を吐いた。

「甘い……」

口の中で溶けていくそれは、リベラ王国の飴とは違う感じがした。

「シュルトンでは、これは非常食にも用いられるんです。甘くて栄養価が高く、保存もきくので、貯蔵しておくのです」

「そうなのですね」

「はい。そうだ、シャルロッテ様。よろしければ城の中を案内しましょうか？」

「いいの？」

「もちろんです」

私はその言葉にうきうきして、ローリーと共に朝の支度をし、簡単な朝食を済ませた。

アズール様は朝から訓練と、渓谷の視察などが入っているらしい。昼食は一緒に食べてくれるとのことだったので、私はそれを楽しみにして、午前中は城の中を見て回ることにした。


シュルトン城は、石造りの城で、全ての窓に鉄格子がはめられていた。ただ面白いことに、至るところに外に出る扉があり、そこから街や広場が見下ろせる仕組みになっているのである。

「いつ何があるかわかりませんから、すぐに外に出て街の状況を確認できるように作られているのです」

「すごいですねぇ」

暮らす場所が違えば城の形も違うのだなと、私は驚いたのであった。

また、シュルトンには、リベラのような無駄な装飾品などはなかった。

貴族社会のリベラとは違い、シュルトンには舞踏会などの煌《きら》びやかな行事はないとのことであった。

そもそも、広くはあっても住む人の数は少なく、国王と国民の距離もすごく近いのである。

だからこそ雨祭でも、皆がアズール様のことを知っていても、笑顔で輪に入ったのだ。

「素敵な国ですね」

「常に危険ではありますが、シュルトンの民は強いのです」

それを誇るローリーの言葉に、私はシュルトンのことをもっと知りたいと思ったのであった。

「シャルロッテ様、ここは図書室です。見ていかれますか？」

「見たいわ。いいかしら？」

「もちろんです」

扉を開けてもらい中に入ると、本の香りがする。

インクと紙の匂いはどこの国も共通なのだなと思いながら、私は本棚を見て回り、そしてシュルトンで育つ植物についての本を手に取った。

不毛の大地。けれど、それでも作物を育てようとした人はいるのだ。

「あら、これはトルト」

トルトとは、育てやすく実が付きやすい植物である。シュルトンでも育てようとした人がいたのだなと思ったけれど、中を読むと、上手く育たなかった記録と、何度も何度も失敗を重ねた上でやっと成功した記録が書かれていた。

ただし、やはり通常のトルトは育てることができず、今後も改良の余地があると締めくくられていた。

「トルトか」

確かに、この不毛の大地であっても、トルトならば育てられるかもしれない。

そんなことを考えていると、ローリーは言った。

「何でもいいから食べられる植物が育てばよかったのですが……育つのは、毒があるか食べられない棘《とげ》のある植物ばかりなのです」

自国の食料自給率が上がれば、シュルトンはより豊かになるであろう。

他国からの援助があるため、貧しいわけではない。ただし、もしそれがなくなればどうなるかはわからないのだ。

この国に嫁ぐ私自身も、いずれこの国のために活動していく必要がある。

たくさん学び、シュルトンの可能性を広げていきたい。私はそう思ったのであった。

昼食の時間になり、私はローリーと共に食堂へと向かった。

アズール様はすでに着いていた。私は昨日ははしゃぎすぎてしまったなと思いながら、嫌がられていなかっただろうかと少し心配になった。

「ごきげんよう。アズール様」

「あぁ。シャルロッテ嬢。どうぞこちらへ」

アズール様は笑顔で私に応え、椅子を引いてくれた。

よく笑ってくれる人で良かったな、と思ってしまう。

リベラ王国とは違い、長い机で食事をとるのではなく、丸テーブルで席も近い。

こんなに近くで向かい合って昼食をとることに私は少し緊張する。

シュルトンの食事は、基本的には食べきれる量を出してくれるのだけれど、アズール様の食事の量には内心驚いてしまう。

お国柄なのか、基本的にスープはたくさんの野菜を入れて煮込んでいる。また、肉は本当にドンっと出てくる。

アズール様の肉は私の5倍はありそうな大きさであり、それがぺろりとなくなるのは、見ていて気持ちがいい。

「シャルロッテ嬢、もう少し食べた方がいいのではないか？　味が好みではないのか？」

心配するような視線を向けられ、私は首を横に振った。

「いいえ。あの、もともとこのくらいしか食べないのです。ですが、アズール様はすごいですねぇ。ふふふ。魔法みたいに消えていきます」

私の言葉にアズール様は笑う。

笑うと、少し子どもっぽく見えるので可愛らしい、なんてことを内心思ってしまう。

セオドア様と食事をしたことはあったけれど、たいていは無表情でただ黙々と食べて終わりだった。その時の食事は豪華だったはずなのに、味も料理もよく覚えていない。

けれど、アズール様との食事は、とても美味しく感じられた。

「俺が大食いというわけではないのだ。はは。魔法か。それならば、たいていの者が魔法使いになってしまうな」

「そうなのですか？」

「あぁ。そこにいるローリーは俺よりもよく食べるぞ」

「え!?」

私が驚いて振り返ると、ローリーはなぜか少し自慢げに笑みを浮かべている。

それから小さな声で私に言った。

「私の旦那の方がもっと食べます」

大食い自慢は、もしかしたらシュルトンのお国柄なのかもしれない。

私はそう思った後、ローリーが結婚しているということに驚いた。

「結婚していたのですか？」

尋ねると、ローリーはちょっと照れくさそうにうなずいた。

「はい。新婚です」

結婚しても働けるということにも衝撃を受けた。シュルトン王国とリベラ王国では、やはり違うことが多いのだ。

これは本格的に、しっかりとシュルトンのことを学ばなければならないな、と私は思ったのであった。

意気込む私を見て、アズール様は微笑む。

「少しずつシュルトンのことを知っていってくれたら嬉しい。俺もできる限り教える」

アズール様は優しいな、と私は思う。

「ありがとうございます」

そう返すと、アズール様は私のことを優しく見守ってくれるので、なんだか少し気恥ずかしい気持ちになったのであった。

アズール様は午前中は訓練をしていることが多いとのことで、私はローリーに誘われて、訓練している姿を見学に行くことにした。

訓練場は城の裏手にあるとのことで、私は庭を進んでいくのだけれど、庭とは言っても植物が植えられているわけではなく、石造りの庭であった。

ごつごつした巨大な岩が並ぶそれはある意味見応えがあって、私は訓練場へ行くまでの間、ローリーに尋ねた。

「このキラキラと光っている石はなんなのですか？」

「これはシュルトンではよくとれる鉱石ですが、これほど大きいものはめったにないので、おそらく庭が味気ないからと置いたのではないかと思います。ちなみに鎧《よろい》の素材に使われます。固くそれでいて軽いので最適です」

「すごいわねぇ」

「もっと、可愛らしいシャルロッテ様に似合うような花を植えられたらいいのですが……」

「え？　そんなことないわ。ローリー気遣《きづか》ってくれてありがとう。でも私、シュルトンとリベラでは違いが多くあって、楽しいのよ」

「そう、ですか？」

首を傾げるローリーに、私はうなずくと言った。

「自分が普通だと思っていたことが、案外普通ではないことに気づけて、楽しいの」

そう言うと、ローリーは微笑んで私に言った。

「もし何かわからないことがあればいつでも聞いてください。あ、訓練場はもうすぐです」

「楽しみだわ」

訓練場に近づくと、声が聞こえ始めた。想像よりも十倍くらい大きな声に私は内心ドキドキした。

「おりゃぁぁぁ！」

「くらえぇぇぇ！」

「まだまだぁぁあっ！」

リベラ王国でも、騎士達の訓練場は見学したことがある。

その時にはこのような声は聞こえず、騎士達が素振りをしたり試合をしたりする様子であった。

けれどシュルトンの騎士達は、試合というよりもぶつかり合いの訓練であり、木刀を勢いよく振り回しては全力でぶつかっていく。その姿は迫力があって、私は少しばかり怖気《おじけ》づいてしまう。

「シャルロッテ様、大丈夫ですよ。こちらに席を用意してあります。どうぞ」

机と椅子が用意されており、私は腰を下ろしたのだけれど、ハッと顔を上げると、騎士達がまじまじとこちらを見つめている。

私は緊張してしまって、表情を強張らせた瞬間、強い風が吹き抜けていった。

そしてそれと同時にアズール様の声が響いた。

「俺の婚約者殿が可愛くて、見つめていたい気持ちはわかる。さて、俺も婚約者殿にいいところを見せなくてはな。さぁ、誰が相手をしてくれる？」

アズール様がそう言った瞬間、皆が私から視線を外す。

私はそのやり取りに、少し肩から力が抜ける。

「シャルロッテ嬢！」

アズール様は手を上げると、私の方へと小走りでやってきてくれた。

そして笑顔を向けてくれるから、私は優しいなと感じる。

「お疲れ様です。訓練のお邪魔ではないですか？」

そう尋ねると、アズール様は首を何度か横に振る。

「婚約者殿が来てくれて、邪魔などと思うわけがない。張り切って訓練をするから、応援を頼む」

少し浮足立っているかのような、その楽し気な声に、私はほっと胸を撫で下ろす。

見学に来て嫌がられたらどうしようか、と思っていたのだ。

アズール様は、太い木刀を担ぐと言った。

「ではさっそく、手合わせをして見せるからな」

手をブンブンと振ってアズール様は訓練へと戻ると、数名の騎士を呼び、木刀を構えた。

ローリーはそれを見て苦笑を浮かべた。

「陛下が張り切っていますねぇ。シャルロッテ様が来られて嬉しい気持ちはわかりますが」

「そうなの……かしら？」

「えぇ。張り切っていますよ。シャルロッテ様はご存じないかと思いますが、実はご婚約の話が出てから、陛下は毎日シャルロッテ様の釣書を見つめながら、自分には過分な婚約者が来てくれる。できるだけ喜ばせたい。安心させたい。そんなことばかりおっしゃっていましたから、シャルロッテ様にいいところを見せたいのでしょうね～」

「ローリーはアズール様のことをよく知っているのね？」

私が何気なくそう言うと、ローリーは吹き出すように笑った。

「私もこの前まであそこでブンブン剣を振っていたのですが、さすがに結婚したし落ち着きたいなという思いもあって、シャルロッテ様の下で働かせてもらうことになったのです。ちなみに、私の主人はダリルです」

「え？」

「なので、実はシャルロッテ様とは親戚になります」

「そうなの⁉」

「ふふふ。そうなのです。ですから、安心してくださいね？」

「え？」

私が首を傾げると、ローリーは笑みを深める。

「陛下とは、男女の仲では決してありませんので」

「あ、あ、ち、違うわよ？　私、別にそんなことを疑っていないわ！」

私の言葉に、ローリーは楽しそうに笑みを浮かべたのであった。

そしてそんな私達にアズール様が声をかけた。

「おーい！　シャルロッテ嬢！　模擬戦をすることになった！　応援を頼む！」

「え？　あ、はい！　応援しております！」

「ありがとう！」

嬉しそうにブンブンと手を振ってくれるアズール様が可愛らしくて、私は胸が少しときめいた。

「陛下、毎日ウキウキしていますね。はぁぁ〜。日頃はお酒の席くらいでしか笑わなかった人が、すごい変わりようですね」

「え？」

よく笑う人ではないのだろうか？

もし私が来て笑顔が増えているのならば、なんと嬉しいことだろうかと思う。

それと同時に、こんな感情になるなんて思ってもいなくて、少し戸惑う。

木刀を振るアズール様の瞳は一瞬で鋭いものに変わり、木刀を振る度にすごい音がして、私はその勢いにまた驚かされたのであった。

アズール様が木刀を振る度に、ブンッとすごい音がする。

騎士達の模擬戦をリベラ王国で見た時にも、そのような音は聞いたことがなかった。

そして現在目の前で行われている模擬戦で驚いたのは、そんなアズール様の重みのありそうな木刀を、他の騎士達も難なく受け止めていくという姿だ。

一撃一撃が嫌な音がするけれど、それでも確実に受け止めるその姿に驚いていると、ローリーが横で解説を入れてくれる。

「魔物と戦うので、一撃一撃が皆かなり重いのですが、軽々と見えるかと思います。ですが、あれをまともに受けたら死にます」

それはそうだろうと思いながら見ていると、次第にアズール様が楽しそうに木刀を振り上げ、勢いをつけながらぶつかり始め、他の人達よりも動きが大きくなっていく。

巨体が宙を飛んで打ち付けていく姿は圧巻であり、受けていた騎士は次第に苦悶の表情を浮かべ始める。

そして次の瞬間、騎士は木刀を受けてそのまま吹き飛ばされた。

アズール様は額の汗を拭うと言った。

「さぁ、どんどんいこうか」

楽しそうな笑顔をアズール様が向けると、騎士達は引きつった笑みを返しながら、次々に挑《いど》んでいったのであった。

「アズール様、すごいわ」

他の騎士ももちろん、アズール様の剣を受け止めて挑んでいく姿は、リベラの騎士よりも勇猛果敢に見える。

やはり実戦の差かもしれない。

そして恐るべきは、戦えば戦うほどに、皆の動きが俊敏に変わっていく。

まるで何かスイッチが入ったかのように集中して戦う姿に、私は手に汗を握る。

「シュルトンの騎士は、常に命を懸けています。ですから、剣の重さが違うかと思います」

ずっしりとした重い剣。それはまさに、命を懸けた剣なのだ。

そう思うと、少し怖くもなる。

もし、アズール様が怪我《けが》をしたら？

もし、命を落としてしまったら？

私は、急にそれが怖くなったのであった。

模擬試合が終わり、アズール様は汗をタオルで拭うとこちらへとやってきた。

私は真っすぐにアズール様を見つめると、アズール様が小首を傾げた。

「どうしたのだ？　その、いいところを見せようと思ったのだが」

私は首を横に振ると、小さく息を吐いてからアズール様に告げた。

「ちょっとだけ、怖くなったのです」

その言葉に、アズール様は手に持っていた木刀を慌てた様子で近くにいた騎士に渡すと、両手を私の方へと見せた。

「こ、怖くなったか。そうか。すまない。そのほら、何も持っていないぞ。どうだ？　これで怖くないか？」

言葉を間違えたと私は思い、首を横に振ると、アズール様は慌てた様子で、腰につけていた短剣や、隠し持っていたナイフや、小型の弓矢や縄やその他もろもろを全て取り外すと言った。

「もう、何も持っていないぞ。どうだ？」

違う。

そうしたものが怖かったわけではなかったのだけれど、アズール様のその隠し持っていた装備の数に驚く。

「すごい……ですね」

そう言うと、アズール様は困ったような顔を浮かべた。

「何があるかわからないからな、様々なものを持っているのだ。怖くないぞ？」

私はうなずきながら、アズール様に言った。

「怖いのは、もしもアズール様が怪我をしたり……命が危なくなったりすることです」

その言葉に、アズール様は首をかしげる。

「怪我？　命……ふむ。なるほど……怖いのか？」

「怖いです。もしも、帰ってこなかったら？　そう思うと、怖いです」

正直にそう告げると、アズール様は大きな声で笑いだした。

「はっはっは。なるほどなるほど。だがそれは、いらぬ心配だ」

「え？」

「俺は、たとえ何があろうと、君の元へ帰ってくると誓おう」

自信に満ちたその表情に、私は驚いてしまう。

「本当に、ですか？」

もう一度尋ねると、アズール様は自信満々に大きくうなずいた。

「もちろんだ。絶対に帰ってくる」

アズール様があまりにも自信たっぷりに言うものだから、私はくすくすと笑い声をあげてしまう。

「ふふふ」

「安心してくれて構わん」

「はい」

どうしても笑いが治まらなくて、私はそのまましばらく笑い続けてしまった。

アズール様はそんな私を嫌がるでもなく笑顔で見守ってくださって、優しい人だなと思うのであった。

「約束ですよ？」

「あぁ。約束だ」

それで全ての不安が解消されたわけではないけれど、それでも、アズール様が帰ってくると言ってくれたことが私は嬉しかった。

◇◆◇◆◇

今の部屋は白を基調にしており、可愛らしいと思っていた。私はこの部屋のままで別段問題なく、ドレスというか洋服も、用意していただいた分で十分だ、と思っていたのだけれど、アズール様はシュルトンの仕立て屋や、部屋の装飾品を売る店を手配してくださった。

今日はその話し合いをするために、私とアズール様の私室へと集まっていた。

アズール様はできるだけ私が住み心地がいいようにと思ってくれているようだ。

アズール様はカタログを見つめながら、真剣な口調で尋ねた。

「シャルロッテ嬢にはこういうものも似合う」

「どれですか？」

そこに描かれていたのは、とても可愛らしいデザインだったので、アズール様はこうしたものが好きなのだろうかと私は思った。

「アズール様の好みですか？」

「ん？　いや、シャルロッテ嬢に似合うものだ」

私はアズール様が私のために考えてくれているのだと嬉しかった。

以前の洋服は、その時々の流行を取り入れたものや、セオドア様に合わせた色合いなどが多かった。なので、こうして自由に選ばせてもらえるのは新鮮であった。

些細なことかもしれないけれど、一緒に選んでもらえることはすごく嬉しい。

ただアズール様は、可愛いと思うと気持ちが昂《たかぶ》るのか、今にもそれで揃えてしまいそうな勢いで話を続けていく。

しかし、勝手に選んで決めるのではなく、私の意見を最優先にしてくれるので、一緒に選んでいてすごく楽しかった。

洋服はシュルトンのものなので、基本的にシンプルなデザインが多い。ただ、アズール様的には、やはり私には煌びやかなものを身にまとってほしいと思っているのか、ひらひらの付いた洋服や、可愛らしい装飾があしらわれた洋服を見ては、私の方へと視線を向ける。

「ですが、もし緊急の時などは、シンプルなものの方がいいのでは？」

私がそう尋ねると、アズール様が腕を組んでうなり声をあげる。

「……くっ。シュルトンが平和な国であったなら……シャルロッテ嬢にもいろいろと着飾る楽しさを……すまない」

私は慌てて首を横に振った。

「そんなことありません！　あの、私は別段、着飾るのが好きなわけではありませんし、このシュルトンの洋服もとても動きやすいです」

「だが、俺は見たかった」

「え？」

「すまない。欲望が漏れたようだ」

私が驚いていると、アズール様が恥ずかしそうに口元を押さえている。横に控えていたローリーが小さく肩を震わせていた。

今のは冗談だったのだろうかと思ったけれど、次第にアズール様の耳元が赤くなり始める。

「アズール様？」

「忘れてくれ」

「え？」

「すまない。いや、安全面を鑑《かんが》みればシンプルな服が正解なのだが、それでもやはり、その、シャルロッテ嬢は美しいので何でも似合うし……いろいろ着てほしいという願望が、あるのだ。俺には！」

最終的に、アズール様は声高らかにそう言うと、両手で顔を覆った。

私は、それを聞いて少し驚きながらも、尋ねた。

「アズール様は、私がこういうものを着ているところを見たいということですか？」

「も、もちろんだ……婚約者殿の可愛らしい姿を見たいと思うのは……当たり前だろう」

今までそのような経験がなかったので、私が着飾った姿を見たいと思ってくれることにも、内心驚いてしまった。

「あの、アズール様は喜んでくれるのですか？」

「もちろんだ。見たい。そりゃあ、シュルトンは常に危険と隣り合わせだ。だが、やはり可愛らしい婚約者を愛でる時間は必要だ」

大きくはっきりとそう言われ、私は驚いたのだけれど、なんだかおかしくて、ローリーにつられて笑ってしまった。

「ふふふ。ありがとうございます。楽しみにしてもらっているなんて、思ってもみませんでした」

「あ、だが、別段怪しげな服を着ろと言っているわけではないからな！」

慌てた様子でそう補足され、私はうなずく。

アズール様が着てほしいと言った服は、どれも可愛らしいものばかりである。

「ふふふ。ではこれも頼んでもよろしいですか？」

「あぁ！　もちろんだ！」

アズール様は上機嫌であり、私はこんなことで喜んでもらえるのかと驚いたほどであった。

後日、新しく届いた洋服に私は袖を通した。

首元に可愛らしいリボンが付いていたり、ズボンも、スカートのような見た目になっていたりして、可愛らしい。

鏡の前でおかしなところはないか確認すると、私はアズール様に見せに共同私室の扉を開いた。

今日は一緒にお茶をする予定であり、喜んでくれるだろうかと思いながら、部屋に入って視線が合うと、アズール様は目を見開いた。

そして、私の目の前にやってくると、嬉しそうに笑った。

「可愛いな！　うん。よく似合う！　ほうほう！　可愛いな！」

嬉しそうに、楽しそうに、私の周りを何度もくるくると回りながら、可愛い可愛いと褒《ほ》めてくれるものだから、私はこんなに褒められるなんていつぶりだろうかと、少し照れる。

「よし、定期的に新しい洋服を頼もう」

アズール様のその一言に私は驚いた。

「そんな！　必要最低限で構いませんわ」

すると、アズール様は真面目な表情で首を横に振った。

「シャルロッテ嬢、いいかい。君が可愛らしい服を着ると、街の女性は憧れる。すると服の需要が増える。すると、動きやすくて可愛らしい服が増える。これは好循環の始まりだ」

「そ、そうでしょうか？」

アズール様は真面目な顔で大きくうなずいた。

「そうだ。間違いない。シュルトンの服屋の未来は君にかかっている」

「私に……わかりましたわ。私、可愛らしいデザインの洋服を、ぜひ着させていただきたいですわ！」

「よろしく頼む」

私達のやり取りをローリーは、くすくす笑いながら眺めていた。

それから、私はアズール様と一緒に楽しい時間を過ごした。

アズール様はいつも私を褒めてくるので、一緒にいてとても明るい気持ちになれる。

やがてお茶の席が終わり、アズール様はまた訓練へと戻っていった。

「アズール様が喜んでくれて嬉しかったわ」

私がそう言うと、ローリーはとてもいい笑顔で私の目の前に箱を差し出した。

「これは何？」

「アズール様がもっともっと喜ぶものを、ご用意しました」

「何？」

「どうぞ、開けてみてくださいませ」

一体何が入っているのだろうかと、私はわくわくしながら可愛らしいリボンを解き、箱を開いた。

「？　これは、何？」

中には、透けているレースの洋服らしいものが入っていた。

私はそれを箱から取り出すと広げてみて、首を傾げた。

「ローリー？　これは、一体何なの？　明らかに透けているし、洋服、ではないわよね？　でもとても可愛らしいデザインだわ。アズール様は好きそう……でも……」

ほぼ何も隠れないスケスケのレースの可愛らしい洋服である。

シュルトンは基本的に動きやすい服装だと聞いているのに、これは？

何かの洋服の上から着るものかとも思ったけれど、それにしてもデザインがおかしい。

私が鏡の前でそれを自分に合わせて首をかしげていると、忘れ物をしたのかアズール様が共同私室の扉を開き、帰ってきた。

「あ、アズール様、何か忘れ物ですか？」

次の瞬間、アズール様が動きを止め、そして侍従を外へ追いやると、扉をバンと勢いよく閉めて、私の元まで顔を真っ赤にしてやってくる。

「アズール様？」

「しゃ、シャルロッテ嬢！　それは、その、自分の部屋で、その……」

言い淀《よど》むアズール様に、私はこれの正体が何か知っているのだと思い尋ねた。

「リベラ王国にはないタイプの洋服なのですが、これはいつ着るのです？　というか、どうやって着るのです？　だってこれでは……」

そこまで言ってから、私は手を止め、そしてローリーへと視線を移す。

ローリーは私から視線を逸《そ》らし、笑うのを堪えているのか、口元をぎゅっとつむんでいる。

私は、服を慌てて箱に入れた。

「ろろろろ、ローリーからのプレゼントだったのですが、そ、そうですね。あとで見ます」

「あ、あぁ。そうだな。そうした方がいい。いつか夜にまた着てみ……すまない。何でもない！　上着を忘れたので取りに来ただけだ！　で、では！　失礼する！」

アズール様は慌てた様子で上着を取ると部屋から出て行き、私はローリーに向かって声を荒らげた。

「ローリー！　これ、これ！　いつ着るものか教えて！」

「ふふふふ。すみません。あの、新婚夫婦が夜に着るナイトドレスです！　シュルトンでは特別な日にも着るんですよ！　日頃はあまり着飾らない私達ですが、夜くらいは。ふふふ。私からシャルロッテ様にプレゼントです」

「ちょっと待って！　これを着るの⁉　し、下は⁉」

「着ません！」

シュルトンに来て一番の衝撃は、このナイトドレスだ、と私は思った。

念のため騙《だま》されていないかと他の女性にも尋ねてみたけれど、皆が楽しそうな様子で盛り上がりますよと言うのを聞いて、私は、自分にもいつか着る勇気が持てるだろうかと思いながら、ローリーからもらったナイトドレスを、そっと棚の奥へと仕舞ったのであった。

「似合うと思いますよ？」

シュルトンでは比較的当たり前のことらしいのだけれど、私にはまだまだ着る勇気が持てないのであった。

シュルトン王国は不毛の大地である。それは、私もわかっているつもりであった。

けれど、不毛の大地を実際に見て回ったわけではない。だから、一度シュルトンを見て回りたいと思うようになった。

今までリベラ王国を出たことのなかった私は、他の国を見たことも、街を歩いたことすらない。

だからこそ、シュルトンの国を見て回りたかった。

それをアズール様に話すと、視察がてら一緒に回ってくださるとのことであった。

シュルトンは土地は広いが、人口的には小さな国である。

なので、街を出て、広い荒野を過ぎ、渓谷の手前まで行く予定である。

ローリーに支度を手伝ってもらい、今日はシャツとズボンの上からローブを被《かぶ》った。

可愛くはないけれど、安全に見て回るために必要なことである。

「アズール様、お待たせいたしました」

私は支度を整えてアズール様の待つ庭へと出る。

乾いた風が今日はとても強く、時折砂埃《すなぼこり》を巻き上げる。

「布のマスクを着けて行こう。もしかしたら荒野の方は、砂嵐がすごいかもしれん」

そう言われ私はうなずき、首に巻いてある布のマスクを口元に上げた。

アズール様の馬に乗せてもらい、私とアズール様はシュルトンを見て回る。

大きな馬であるから、初めは怖いという思いがあったのだけれど、アズール様がしっかりと支えてくれるので、途中から怖さも消えて、景色を見ることができた。

最初こそ街の中であったので、街並みや店などを見ていったのだけれど、結構な距離を走り抜け、そして街の外側を囲む塀の外へと出た途端に、世界は一変した。

街の周辺や庭、街中には、緑は多少あるものの、やはり元気な草木はほとんどなかった。けれど、塀の外は別世界である。

乾燥した空気。そして舞い上がる土。

黒い雲に覆われた空が広がる荒野は、あまりにも静かであった。

聞こえるのは風の音だけである。

それはひどく冷たくて、心の中の不安を掻き立てるような音であった。

アズール様は馬を止めると、荒野を見回しながら私に言った。

「シュルトンは過酷な土地だ。魔物の森がある影響でこのような大地なのではないかと言われているが、実際どうなのかは定かではない」

真っすぐに見つめても、広がるのは何もない荒野だけ。

風が土埃を巻き上げ、小さな渦を作りながら吹き抜けていく。

「シャルロッテ嬢。この地には何もない。けれど俺は、自分が生まれたこの何もない国が好きだ。魔物は出るが、他国の援助で物流は豊かだし、民も屈強だ。だから、この国を守っていきたいと思っている」

何もないことがこんなにも寂しいことなのだとは、思ってもみなかった。

けれど、アズール様の言う通り、街に入れば賑やかで、皆も笑顔が絶えない。

シュルトンの人々は、一人一人の独立意識が高く、自立して生活しているような気がする。

「シュルトンは、良い国ですね」

私がそう言うと、アズール様はうなずく。

「あぁ。何もないがな」

アズール様の視線は荒野へと向かうけれど、そこには不毛の大地しかない。

私にとっては、自分が願って嫁いで来た不毛の大地なのだけれど、アズール様の心を思うと、そんなことを思っていた自分が恥ずかしくなる。

アズール様は馬を走らせ、渓谷へと向かった。渓谷に着いてぐるりと向きを変えると、巨大な岩壁が目の前に迫り、私はそれを見上げながら声をあげた。

「高いですね」

ずっと見上げていると首が痛くなりそうである。

渓谷は高く、岩がごつごつとして、登れるようなものではない。

渓谷の岩は、城の庭に置いてあった巨大な岩と同じように思えたけれど、その岩がどのようなものなのか私は知らない。

また、渓谷はずっと続いており、終わりが見えない。

「この先に渓谷の割れ目があり、そこから魔物が出てくるのだ。今日はそちらにはいかないが、シャルロッテは俺以外とは、絶対にこの渓谷には近づかないように」

そう言われたが、アズール様とでなければ来る機会などないだろうな、と私は思ったのであった。

これだけ巨大な渓谷であれば、岩穴の中を調べて鉱石などを採取してもいいかもしれない。そんなことを一瞬思うけれど、もしそれで魔物と遭遇したりしたら敵わない。

つまりは、できるだけ触れないほうがいいという結論に、昔の人々も至ったのだろう、と私は思う。

「ちなみに、男心的にはこの渓谷はそそられるものがあってな。子どもの時に一人で迷い込んで大騒ぎになったことがある」

「え？」

驚いてアズール様を見上げると、アズール様はにやっと笑みを浮かべて話を続けた。

「俺は昔から好奇心が旺盛でな。つい、気持ちを止められなかったのだ」

「それは、さぞかし皆が心配したでしょうね」

「あぁ。おかげで大人達にはその後怒られて、父には大きなこぶしで拳骨《げんこつ》をもらったものだ。良い思い出だけれど、シャルロッテ嬢は絶対にしないでくれ」

私がするとでも、アズール様は思っているのであろうか。

内心驚き、それから私はおかしくなって笑ってしまった。

「ふふ、ふふふ。しませんわ！　あはは。アズール様ったら何をおっしゃっているの？」

アズール様は肩をすくめて見せると笑った。

「いやいや、ほら、気持ちを抑えられない時はあるだろう？」

さも当たり前のようにそう言われ、私は首を横に振った。

「ふふふ。いいえ。ふふふ。もうおかしいわぁ。アズール様、笑わせないでくださいませ」

ひとしきり笑った私は、幼い頃のアズール様は元気いっぱいだったのだろうな、と思ったのであった。

荒野ほどの寂しさはないものの、やはり渓谷には緑もなく、シュルトンは本当に乾いた大地なのだなぁと私は思ったのであった。

「さぁ、こんなシュルトンだが、１つだけ俺のおすすめの所があるんだ。見に行くか？」

アズール様にそう楽しそうに言われ、私はうなずく。

渓谷の岩場には小さな穴が開いており、アズール様は馬を降りると、私を抱き上げて馬から降ろしてくれた。

この先に何があるのだろうかと穴を覗き込む私の手を優しく握り、手を引いてくれた。

「さぁ、少しだけ歩いて行こう」

「はい」

穴の中に入ると、少し空気が冷たくなったように感じた。

不思議だけれど、空気も少しだけ湿り気を帯びて感じられる。

中は真っ暗なのだろうかと思ったけど、アズール様は魔法具のランプを持ってきており、それに火をつけ、中を照らしながら進んでいく。

一体何があるのであろうか。

幅は人が一人通れる程度しかない。

その時、微かに水音が響いて聞こえたのであった。

「シャルロッテ嬢、見てくれ」

「わぁあ」

アズール様の指さした先には、広い空間がぽっかりと開いていた。どうやら上に穴が開いているようで、そこから光が差し込んでいた。

私は感嘆の声を漏らして、その光景をじっと見つめた。

足元の岩の上に、薄い水の膜が張っているのであろう。

岩が水を反射してきらめき、そして広い空間に天井から鍾乳石《しょうにゅうせき》が氷柱のようについており、地面にぽたぽたと水滴を落とす。

「すごい」

私がそう言葉をこぼすと、アズール様はうなずいた。

「この鍾乳洞は見事なものだろう？　ただし、この水には毒性があって、飲むことはできないのだ」

少し残念そうにアズール様はそう言うと、鍾乳洞を見つめた。

「もっと派手な見どころがあればいいのだがな」

「ふふふ。私は別に見どころを求めていたわけではありませんわ。ただ、シュルトンのことを純粋に知りたかったのです」

アズール様にそう言うと、少し心配そうに尋ねられる。

「本当に、あまりにも何もなさすぎてがっかりしていないか？」

その言葉に私は首を横に振る。

「いいえ、この国を知ることができて嬉しいです」

「そう、か……」

私とアズール様はその後静かに黙り、鍾乳洞をじっと見つめた。

時折聞こえる水音。

それは幻想的であり、少しだけ寂しい雰囲気がした。

けれどアズール様が私の手を握ってくれて、その温かさが伝わってくると、不思議と寂しさは消えていった。

《アズール視点》

リベラ王国からの縁談話が最初に出た時には、何かがあったのだろうなと、予想はできた。

なぜならば、自分の婚約者にと名前が挙がったのが、リベラ王国の美姫と謳われる、公爵令嬢シャルロッテ・マロー嬢だったからだ。

第一王子セオドア殿と婚約していたことは有名であり、国交の際に姿を見かけたこともあった。

基本的にシュルトンから離れるのは心配なため、国交の場としての舞踏会に参加をしても、一時間ほどで国に帰る形にしていた。

そんな短い間であっても、シャルロッテ嬢が目に入らないことはなかった。

向こうからしてみれば、王国とはいっても不毛の大地の国の王である自分など、認識はしていなかっただろう。

国交の場で見かけたのは2回。そのどちらも、シャルロッテ嬢が入場してすぐに帰国したため、挨拶すらしていない。

それなのに、彼女が記憶から消えることはなかった。

そんな彼女が自分の婚約者にと名前が挙がると、すぐに調べた。そして婚約解消があったのだということや、その理由が、第一王子のセオドア殿が平民の女性に腑《ふ》抜《ぬ》けにされているからだということがわかった。

なんとバカな王子なのだろうか、と思った。

シャルロッテ嬢は優秀で、貴族社会にも精通しており、第一王子の婚約者として社交界でも一目置かれる存在だったことは、調べるとすぐにわかった。

隠密部隊からは、シャルロッテ嬢がどのように婚約破棄されたのかの情報も入っていた。

それを聞いた瞬間、怒りを感じた。

怒りの理由はその時にはよくわからなかった。ただ、シャルロッテ嬢には絶対に笑っていてほしいと思った。

絶対に自分が幸せにしてみせると心に誓い、シャルロッテ嬢との婚約を受けたのだ。

不毛の大地のシュルトン王国。

本当にいいのだろうかという思いはあったけれど、来てくれるのであれば、絶対に幸せにしてみせると決める。

だからこそ、魔物が出現したとの報告を受け、シャルロッテ嬢が来る時間に迎えに行けないのではと思った時には頭に血が上った。

早急に魔物を薙《な》ぎ倒して仕留め、急いでシャルロッテ嬢が来る予定の魔法陣へ向かった。

青光に包まれて姿を現したシャルロッテ嬢は、まるで女神のように美しい少女であった。

そんなシャルロッテ嬢が自分の婚約者になってくれることに、俺は心から神に感謝した。

ただ、シャルロッテ嬢が、無理やりここに来させられた、などということが万が一にもあってはいけないと思い、シュルトンについて話をして、本当に自分の婚約者になってもいいのかと聞いた。

シャルロッテ嬢は、自分の婚約者になることを本当に承諾してくれた。

それを聞いた瞬間、俺は自分の心がどうしようもなく浮き足立っていることに気がついた。

自分の婚約者になってくれたシャルロッテ嬢を絶対に幸せにしたいと思った。

そしてその思いは、シャルロッテ嬢が涙を流し、セオドア殿を愛していたという事実を打ち明けられた時に、強烈に強くなった。

自分以外の男性を愛していた。真っすぐに、心から。

優しい彼女はきっと、これまでもずっと様々なことを我慢して生きてきたのであろう。

そう思った俺は、シャルロッテ嬢が心から笑い幸せになれるために、何でもしようと心から思った。

シャルロッテ嬢は知れば知るほどに可愛らしく、賢く、そしてよく笑う女性であった。

もっと笑ってほしいと思った。

俺の元で絶対に幸せになってほしいと思う。

そんなことを思った時に、やっと俺は、自分がシャルロッテ嬢のことを好きなのだと気がついた。

思い返してみれば、社交界で見かけた時から、なぜか惹かれていた。

そして、彼女の人となりを知った今では、愛さないことの方が難しいと思える。

「シャルロッテ嬢」

名前を呼べば、笑顔を返してくれる。そんな姿を見るだけで幸せな気持ちになった。

シュルトンは不毛の大地だ。

だけれどシャルロッテ嬢は、そんなシュルトンだからこそ嫁ぎたいと言ったのだと聞いた。

シャルロッテ嬢の父上はかなり心配していて、不幸にしないことが絶対条件だと書いた手紙を受け取った。

そこにはシャルロッテ嬢をどれだけ娘として大切に思っているかが綴《つづ》られていて、こんな男性が父親だからこそ、シャルロッテ嬢はこうも美しく真っすぐな女性に育ったのだろうなと思った。

「絶対に幸せにしてみせる」

鍾乳洞を見つめるシャルロッテ嬢へ、小さく呟いた。

「アズール様？　何か言いましたか？」

小首を傾げる君が可愛くて、今すぐにでも抱きしめたいと思う心を、俺は理性でどうにか押しとどめた。

「いや、なんでもない」

「ふふふ。私、アズール様の婚約者になれてよかったです」

その言葉に、俺はこちらこそだと思う。

「俺の方こそだ。君が俺の婚約者になってくれたのは夢なのではないかと、俺はたまに不安になるくらいだ」

「え？　ふふふ。夢ではないですよ」

「あぁ。だから、毎日君と挨拶を交わす度に神に感謝するのだ」

「まぁ。アズール様がそんな冗談を言うなんて」

冗談ではない。

本当に、神に心から感謝している。

「ありがとう。シャルロッテ嬢」

この俺の想いがもっと君に届けばいいのにと、俺は思うのだった。

4章　渓谷に咲く花

アズール様との毎日は、私にとっては幸せの連続であった。

これまでは妃教育に日中の時間をほとんど使ってきた私だったけれど、シュルトン王国とリベラ王国では根本的に違うことの方が多く、学びなおすこととなった。

ただ、以前よりも感情に余裕があるからなのか、毎日が楽しく感じられた。

精神的なストレスがないというのも1つの理由だろう。

リベラ王国にいた時には、妃教育を頑張らなければセオドア様に嫌われてしまうのではないか、と毎日怯《おび》えていた。

結局はセオドア様に愛してもらえることはなかったけれど、今ではそれでよかったのだと思える。

アズール様は、毎日私に会いに来ては、シュルトン王国や自分のことについて教えてくれる。

真っすぐに私を見つめてくれるその瞳は優しくて、自分が気遣ってもらっているのだと感じられた。

それは不思議な感覚だった。

セオドア様に気遣ってもらったのは、本当に婚約当初くらいであった。それも今考えてみれば義務的なものだった。

あの頃の私は今よりももっと幼くて、だから、ちょっとしたことで一喜一憂していた。

ただ私がいくらセオドア様に喜んでほしいと行動しても、結局は愛想的なものが返ってくるだけだった。

けれど、アズール様は違う。私が話したことに興味を持ち、一緒に話したり質問したり、時には一緒に調べてみたり。

一緒にいるだけで安心を感じられるようになり、空気が心地よかった。

ただ、やはり魔物は頻繁《ひんぱん》に出るようで、アズール様は何度も魔物討伐へと出陣していく。

それが今はすごく怖い。

警鐘が聞こえると、私は肩を震わせる。アズール様の執務室で、シュルトン王国の流通について質問していた時のことであった。

1つ鐘。

つまり魔物が出現し、確認初動班が動き対処しているということである。

アズール様はその時点ですぐに向かう準備をして、魔物のいるところに出向くのである。

緊アズール様は急事態を放ってはおけないと、魔物が出現すればいつでも先陣を切って王城を出るのだ。

アズール様は国王であり、この国の剣。そして守護神だった。アズール様の出陣は国民を安心させる。

「シャルロッテ嬢。すまない。行ってくる」

「はい……お気をつけて」

シュルトンでの生活は、本当に楽しいことばかりである。ただし、やはり魔物討伐にだけは慣れないのだ。

アズール様はすぐに支度を済ませると愛馬のテールに跨《また》がり、さっそうと他の騎士達と共に駆けていく。

私はただそれを見送ることしかできないのである。

「アズール様……大丈夫かしら」

胸の中が落ち着かず、私はシュルトン城内にある小さな教会へと向かうと、祭壇の前で膝をつき、手を合わせる。

リベラ王国では忙しさから、神殿へと足を運ぶことはなかった。信仰心も薄かったので、神に祈るということもしなかった私であった。

ただシュルトン王国は天と自然の神を崇拝する国であり、私はアズール様に倣《なら》って祈りを捧

げるようになったのだ。

天と自然に感謝し、生きていることに感謝する。そんなシュルトン王国の信仰は、私にとっては新鮮であった。そして祈ることで自分の感情もすっきりするように思えた。

だからこそ、私は祈りを捧げるのだ。

どれくらいの時間が経っただろうか。アズール様はすでに渓谷につき、戦っているのだろうか。

「どうか、アズール様が怪我することなく無事に帰ってこられますように。どうか、魔物は魔物の国でお暮しくださいませ。どうか、魔物を討伐に行った皆様が怪我をしませんように……皆が幸せに暮らせたらいいのに……」

祈りを捧げていると、たまにどうしようもなく悲しくなる。

どうして争わなければならないのか。どうしてアズール様が危険な場所へと赴かなければならないのか。

魔物は一体何のためにこちらへと来るのだろう。来られないように渓谷をふさぐことができたらいいのに。

争わない道はないのだろうか。

そんなことを考えていると、私はぽたぽたといつも泣いてしまうのだ。

この国に来てから、自分の感情がコントロールできなくなった。

枷《かせ》が外れたように、嬉しい時には笑ってしまうし、悲しい時には涙がこぼれてしまう。

顔を上げた時、外を見ると雨がぽたぽたと降り始めていた。

「私がずっと泣いていたら……魔物は雨のせいで来られないのかしら……だめね。雨ばかりでは皆が困ってしまうわ」

一体どうしたらいいのだろうか。

雨はしとしとと、地面を少しずつ潤わせていったのであった。


空から雨がぽたりと甲冑に落ちる。皆が魔物をどうにか渓谷の内側へと押し返し、大きく息をついたところだった。

「雨だ……」

「良かった。これで、魔物達は帰るはずだ」

「はぁぁ。なんだか雨の回数が多くなってきているような。気のせいか？」

雨に濡れた魔物達が悲鳴を上げて、森の中へと急いで帰っていく姿が遠目で見えた。

何をきっかけに、この渓谷を越えて人の国に行こうとしているのか。理由はわからないが、人を襲う以上、ここを通ってもらっては困るのである。

「すぐに救護班を呼ぶ。怪我人は一か所に集まるよう、元気なものは手助けをしてやれ」

部下にそう指示を出したアズールは、森の方を見ながら、渓谷と魔物の棲む森の境界に立つ。

「なんだ？」

渓谷との境界に、薄い虹のような光がかかっているのに気がついたアズールは、じっとそれを見つめる。

じっとこちらを見ているアズールが油断していると思ったのか、森の中から1匹の翼の生えた魔物が飛び出して、アズールへと爪を振りかざした。

アズールはいつものように剣を構えて迎え撃つつもりでいたが、薄い虹のような光に魔物が当たった瞬間のことであった。

「ぎゃぁぁぁぁぁぁ」

魔物は突然、悲鳴をあげた。黒い煙をあげて、森の中へと逃げ帰る。

アズールはその様子を呆然《ぼうせん》と見つめた。

「……これは、なんだ？」

突然現れた光の薄い虹のようなもの。けれどそれは揺らいでいる。

アズールが剣で触れてみたところ、特に問題はなく、甲冑をつけた腕で触ってみても何の異常もない。

それどころか、温かく何かに包まれるような心地のよさすら感じる。そして、ふわりと香ったその香りに、アズールは目を見開く。

「シャルロッテ嬢？」

そんなわけがない。

けれど、なぜかシャルロッテがいつもつけている香水の香りがして、アズールは驚きを隠せなかった。

アズールは魔物達が襲ってこないことを確認すると、一旦《いったん》戻ることに決め、部隊を率いて城の方に向かい馬を駆けさせていく。

いつもなら、渓谷には吹き抜ける風によって砂が巻き上がっているのだが、今は風だけが吹き抜けていく。

異変に気づいたのはアズールだけではなく、皆が異様な雰囲気に緊張を露にする。

アズールは視線の先に映り込んだものを見て、慌てて馬の綱を引く。

「止まれ！」

皆がアズールに合わせて馬を止める。

アズールは馬を降りると、それに向かって歩き、そして目を見開いた。

「……これは……」

魔物の住む森に近づけば近づくほどに土は乾燥し、植物は育たない。

ここは魔物がいる地点から少ししか離れておらず、そのうえ、渓谷の道だ。

太陽の光も厚い雲によって届かず、雨が降ることも稀である。しかも土は乾き、植物が芽を出すことすらできないはずの地であった。

「花だ」

吹き抜ける風に、花は楽しそうに揺れていた。


「シャルロッテ様、大丈夫ですか？」

見守ってくれていたローリーに声をかけられ、私はうなずくと顔を上げた。

心配をかけてしまっただろうか、と思っていると、ローリーは、静かに私の横に来ると言った。

「シュルトン王国は、常に魔物の脅威にさらされています」

どうしたのだろうかと思っていると、ローリーは苦笑を浮かべる。

「だから、今日も生きられたって、皆、毎日、感謝しているんです」

「え？」

突然の言葉に私が驚いていると、ローリーは話し始めた。

「私は孤児なのです。母は病気で亡くなり、父は騎士として戦い死にました」

ローリーの言葉に私はうなずく。

何と言ったらいいのか、わからなかったのだ。

「ですが、母も父も笑っている姿が、瞼を閉じれば蘇ります。どんな話をしていたか、何が好きだったのか、よく思い出せるんです」

いい両親だったのだな、と思っていると、ローリーは言葉を続ける。

「孤児になってからも皆が親切にしてくれて、私は騎士となり戦うことができました。私はこれまで、毎日、毎日、一日たりとも無駄にせずに生きよう、と生きてきました。実はシュルトンに住む人はそうした人が多いんです」

「え？」

どういう意味だろうかと思っていると、ローリーは笑顔で言った。

「騎士達が負ければ魔物が来る。それが事実なのです。ここは前線であり、いつ死ぬかわかりません。騎士になって戦った時、私は両親のことをなぜ覚えているのかわかりました。両親は、自分達もいつ死ぬかわからないからこそ、毎日、私に真剣に向き合ってくれていたのだと思うのです」

その言葉に、私はハッとした。

いつ死ぬかわからない。だからこそ、毎日を一生懸命に生きている。

心臓がぎゅっと掴まれるかのような気持ちになる。

胸が苦しくなる。

「鐘が鳴れば、騎士達は一直線に王城から駆け出し、街を抜け、渓谷を目指します。王城から一直線に続くその道は、騎士達が駆ける道。鐘と同時に、騎士以外は通行禁止になるのです。騎士達は自分の命を懸けて戦います。それは、自分達が負ければ大切な人が死ぬかもしれないとわかっているからです」

ローリーの言葉に、私はうなずく。

シュルトンとは、そういう土地なのだ。

私は今まで自分がいかに安全な場所で平和に生きてきたのかを知った。

「ローリー。話をしてくれてありがとう」

「いえ。ですからね、シャルロッテ様。私が何が言いたいかというと、アズール様は絶対に帰ってくるということです。引けば大切な人が危ないからこそ、絶対に守ってみせる、っていう気持ちですからね。ですから、戦いに行く時、絶対に帰ってくるって皆思ってます。おかしいですよね。いつ死ぬかわからないって思っているけれど、絶対に帰ってくるって思って戦っているんですから」

私は笑みを浮かべて言った。

「ローリー。励ましてくれているのね」

「いえその、はい。あのですね、毎回とても心配されているので……確かに皆も心配は心配なのですが、その、私としましては、アズール様を心配するシャルロッテ様が心配で」

私はその言葉に、うなずく。

「ええ。そうね。うん。ふふふ。だけれど、なんだか気が引き締まったわ」

「え？」

私は心の中でローリーの言葉を反芻《はんすう》する。

そして、思う。

今の平和は、決して当たり前のことではないのだ。

リベラ王国では考えたこともなかったけれど、シュルトンの最前線で戦ってくれている人がいるからこそ、魔物が外に出ることなく、平和に暮らしていけるのである。

私はそれを知らなかった。

私は、そのことを忘れないようにしようと肝《きも》に銘《めい》じたのであった。

それから私は部屋に戻り、本を読んだりして過ごしていたのだけれど、やはり心ここにあらずといった気持ちでその日は過ごしたのであった。

時間は流れ、雨がいまだに降り続く空を窓から見つめながら、私はため息をついた。

眠る支度も終わり、いつもならすでに眠りについているはずの時間である。

けれど今日は眠気が来ることがなく、ベッドの上でゴロゴロしてみたけれど、結局目が覚めてしまって、ソファに腰掛けながら雨が降る音を聞いていた。

部屋の灯は魔法具であり、光がゆらゆらとランプの中で揺れている。

「アズール様は、まだ帰ってきていないのかしら」

時計の針がカチカチと鳴る。

私はそっと共同私室への扉へ歩いていくと、ゆっくりと開けて中を覗いてみた。

中は暗く、人の気配はなかった。

「まだ、帰ってきていないのね」

大丈夫だろうか、と少しばかり心配になり、私は灯を片手に部屋の中を歩きながら、共同私室のソファに腰を下ろした。

早く帰ってこないかな、と思いながら、ソファのクッションを膝に乗せ、ぎゅっと抱きしめた。

人恋しいような、寂しいような気持ちで、私はしばらくぼうっとしていた。

雨の音がさらにひどくなっていくのを感じて、自分が不安定になっていることに気づく。

「どうして？　なんで、こんなに不安なのかしら」

アズール様が帰ってきていないからかとも思うけれど、それだけではない気がする。

一体何を、私は不安に思っているのか。

そこで、私はふと窓へと視線を向けて気がつく。

「あぁ……」

私はこの時になって、自分が何を不安に思っているのか、やっと気がついた。

アズール様と一緒に過ごし、話をするようになって、大切にされればされるほどに、自分の中には不安がたまっているのだ。

私の感情がもし天候を変える力を持つと知ったら、アズール様はどう思うのであろうか。

私はこの時、心の中にその考えが鎮座していることに気づき、急に体が冷えてきたように思う。

手をさすりながら、自分の中にあるその思いに、どうしようもなく不安になる。

アズール様は私のことをどう思うのであろうか。

天候を変化させるなんて、気持ちが悪い魔女だと言われるのだろうか。

天候を操れるなんて、便利だと思われるのだろうか。

天候を操れるなんて、普通ではないと怖がられるのだろうか。

頭に嫌な考えばかりが思い浮かぶ。

知られたくない。

もし知られて、拒絶されたら？

嫌われたら？

また婚約を解消されるの？

頭の中で巡る悪い考えに、私は両手で顔を覆い、苦しくなり呼吸が荒くなる。

「お、落ち着かなきゃ」

そう思うものの、感情が制御できずにいると、風が次第にどんどん強くなる。

だめだと思うのに止められない、その時であった。

ガチャッと扉が開くのを感じた。

「シャルロッテ嬢？」

お風呂に入ってきたのか、夜着のアズール様の頭はまだ濡れており、それをタオルで拭きながら部屋に入ってきた。

シュルトンの夜着は、緊急時でもすぐに逃げられるようにと、ある程度ちゃんとした服のようなものである。

私が着ているのも可愛らしい服ではなく、シャツにズボンであった。

アズール様が帰ってきてくれたことにほっとしながら、灯り1つでこの部屋にいる自分は怪しすぎるだろうと立ち上がった。

「す、すみません。あの、寝付けなくて……」

言い訳のような言葉に、アズール様は部屋へと入り、私の元まで来ると手を取った。

「冷たい。冷えているではないか。気温は低くはないが、こんな部屋に一人で……」

アズール様は、私の手を温めるようにぎゅっと握ると、優しく手をこすり合わせる。

後ろに控えていた侍従にお茶を用意するように命じると、アズール様は私と共にソファへ腰掛けた。

「大丈夫か？　何か心配でも？」

こちらを気遣う優しい言葉に、私は先ほど感じていた不安が蘇るのを感じた。

これはきっと、アズール様の優しさが心地よくて、だからこそ私は不安なのだ。

私は、アズール様に嫌われたくないと思っているのだ。

自分の感情が明確にわかると、急に恥ずかしくなる。

部屋に温かな紅茶が用意されている。私は湯気の立つそれを少しずつ飲みながら、香りを堪能《たんのう》する。

「ほっとする香りですね」

アズール様は私の言葉にうなずくと、私を心配そうに見つめてくる。
その優しい瞳に少しドキドキしながら、私は頭を振った。
「すみません。なんでもないんです」
「シャルロッテ嬢。何かあったらすぐに話をしてくれ」
その言葉に私はドキリとする。
話したい。
私はその時、そう思った。
けれどそれと同時に、先ほど考えた最悪の事態が脳裏をよぎっていく。
様々な未来が通り過ぎていくのである。
アズール様はそんなことを言わない。
きっと、私のことを拒絶することもない。
絶対に大丈夫。
そう思うのに、脳裏をセオドア様の姿がよぎる。
私を全否定し、拒絶するような、セオドア様の冷たい瞳を私は思い出す。
怖かった。
また、あの冷たい瞳を向けられるのではないか、という不安があった。

アズール様はきっと違う。

そうわかっているのに、そう思っているのに、どうして不安は消えないのだろうか。

その時、アズール様は私の頭を、大きなその手で優しく撫でた。

「大丈夫だ。何がと聞かれるとわからないが、心配しなくてもいい」

「え？」

「話せることもあれば、話せないこともある。感情とはそういうものだ」

私の心がわかっているのであろうか。

そう思えるほどに、アズール様の言葉は私の苦しさを軽くしてくれる。

私の瞳からぽたぽたと涙が溢れてる。それを見てアズール様は驚いたのか、手に持っていたタオルで私の涙をぐしぐしと拭う。

「どどどっどうした!?　すまない。俺が何か言ったのか!?」

「違います……すみません」

「ああぁっ！」

涙の止まらない私をアズール様は抱き上げると、膝の上に乗せ、ぎゅっと抱きしめた。

突然のことに私は驚き身を固くすると、アズール様の手が優しく、本当に優しく背中をトントンと叩く。

「泣きたければ泣いていい。無理をする必要は何もない。俺は、俺は何ができるわけではないが、君のためならば何でもする」

呟くように、優しく、アズール様は言葉を続ける。

「我慢しなくていい」

涙がさらに溢れた。

アズール様は本当に優しい。私は自分の中にあった、アズール様を疑うような感情を恥じた。

話したい。

けれど怖い。

それが私の中にある感情で、それが「もしも」を連想させて不安を煽《あお》っていた。

けれど違う。

私は唇を噛み、自分の中の不安を否定する。

アズール様ならば、私は信じられる。

「ありがとう……ございます」

「あぁ」

アズール様が抱きしめてくれて、優しく背中をさすられているのがとても心地よかった。

その後もアズール様は、ずっとトントンと優しくしてくれた。

その安心感に身をゆだねていると、不安は消え、うとうととしてしまう。

そして私は、恥ずかしいことに、そのまま泣き疲れて眠ってしまったのであった。

◇◆◇◆◇

窓の外を見ると、雨がポツリポツリと降り始めていた。

私はそれを見つめながら、以前見た母の夢を思い出していた。

今まで自分の中にはなかった感情が芽生え始めたからなのかもしれない、と思い至る。

「世界で一番大切にしてくれる……人」

アズール様の笑った顔が脳裏に浮かび、私は自分の顔が熱くなるのを感じた。

アズール様は私に対して、いつも優しく親切であった。

困ったことはないか。

体調は崩していないか。

食事は口に合うか。

見た目は屈強で寡黙《かもく》そうなのに、思いのほか、おしゃべりで明るくて、それでいて心配性な人。

1つ1つの気遣いが心をくすぐられているようであった。

そして、アズール様は私の何気ない仕草1つに、変化を感じ取ってくれる人だった。

少し肌寒いなと思ったらひざ掛けを用意してくれたり、咳《せき》を少ししただけですごく心配してくれたりした。

本当に優しい人なのだ。

私は婚約者となり、いずれアズール様と結婚する。

セオドア様の時には、毎日が不安で仕方がなかったけれど、アズール様との毎日はいつも幸せの連続で、心が温かくなることばかりだ。

だからこそ、アズール様に誠実でいたいと思うようになった。

「お母様。私、アズール様に自分の能力について話してみようと思います」

胸に手を当てて私はそう呟き、そして顔を上げた。

「雨よ。もう少し、乾いた大地を潤してください」

手を合わせて祈りを捧げると、雨は優しく降り続けた。

自分の能力について、私は少しずつ理解し始めていた。今までは抑えつけるばかりであったから、理解できていなかったのだ。

雨を見つめながら、私は決意した。

「アズール様に……話をしよう」

昨夜、あれほど悩んでいたというのに、今はとてもすっきりしていた。

ただ、アズール様の前で寝落ちしてしまったことについては恥ずかしくて、朝会ったらまず何の話をしようかと、頭を悩ませたのであった。

ただ、その日は結局、アズール様は魔物の警備から帰ってくることができず、私は一人で過ごすことになった。

そのためやる気は空回りしてしまい、明日こそはと意気込んだのであった。


翌朝、目覚めた私は、不意に暖かな日差しを感じた。

太陽が昇り、ベッドの上でまどろむ時間。私は瞼を何度か瞬《まばた》かせ、ゆっくりと体を起こした。

そして、ふと気づく。

部屋が明るく、カーテン越しに太陽の日差しを感じたのである。

「え？」

私は慌てて立ち上がると、テラスへとつながる扉を開けて外へ出た。

優しい風が吹き抜けていく。微かに甘い香りがして私は顔を上げると、そこには青く晴れ渡る空があった。

久しぶりに太陽の暖かな光を感じ、私は両手を伸ばしてその光を受ける。

「暖かい……あぁ、気持ちがいい」

瞼を閉じて光を存分に満喫した後、目を開けると、私は青空を真っすぐに見つめた。

「……背中を押してくださっているのかしら。ふふ。頑張ります」

これまで、自分の感情を反映させてしまう天に対して、疑問と複雑な感情を抱いたことは何度もあった。

けれど、シュルトンでの暮らしはそのようなことを気にすることもなく、だからこそ心が自由になり、余裕が生まれた。

私はここに来るべきだったのだ、と今では思えるくらいである。

そうしていると、何やら外が騒がしいことに私は気づき、部屋の中に戻るとローリーを呼んだ。

ローリーは慌てて私の部屋に入ってくると、興奮した様子で窓の外を指さした。

「シャルロッテ様！　外をご覧になりましたか!?　シュルトンに青空が！」

いつもは冷静なローリーのそんな様子に私は少し笑うと、うなずいた。

「私も先ほどまで日光浴をついしてしまったわ。青空って気持ちがいいわね」

ローリーは同意するように何度もうなずくと、興奮した様子で話し続けた。

「シャルロッテ様が来てくださってから、この国は本当に変わってきています。なんていう偶然でしょう。いえ偶然ではないのかもしれませんね。やはり最初からの噂通り、シャルロッテ様は我が国に幸福を運んできてくれた女神様なのかもしれません」

大げさだなと思いながら私は、ローリーに手伝ってもらい朝の支度を済ませ、食堂へと向かう。

昨日の夜中にアズール様も帰って来たとのことで、一緒に朝食をとれるという知らせを受けたので、朝から楽しみである。

できれば、今日、時間を取っていただき、私のことを話そう。

そう思いながら、食堂の扉を開けてもらい中へと入ると、アズール様がすでに待っていた。

ただ、その雰囲気はいつもとは少し違い、私はどうしたのだろうかと首を傾げた。

「アズール様、お帰りなさいませ。昨晩はお迎えができず申し訳ありません」

「いや、以前にも話した通り、何時に帰れるかもわからない。眠ってくれていていいのだ」

以前は、アズール様を待っていようとしたのだけれど、待たなくていいと言われ、アズール様が心配するからという理由で、私は待つことを控えていたのだ。

「ご無事で何よりです」

そう伝えると、アズール様は優しく微笑み、食事はつつがなく進んだ。

私達はその後一緒に、太陽の光が降り注ぐ庭を二人で歩いた。

いつもはたいてい曇っているのだが、青空の下で歩く庭は清々《すがすが》しく感じた。

そして私は、話をするならば今ではないかと思う。

ただ、どう切り出すべきか。そう悩みながら庭を進み、私達はガゼボにて座ると、ローリーがお茶の準備をしてくれる。

空気が澄んでいるように感じられ、お茶を口に運びながら私は青空を見上げた。

「綺麗ですね」

「あぁ……シャルロッテ嬢」

「はい」

なんだろうかと思い、アズール様を見つめると、アズール様はゆっくりと深呼吸をしてから、言った。

「この地が……不毛の大地ではなくても、ここにいてくれるか？」

「え？」

突然の言葉に私が驚くと、アズール様は少し顔を歪《ゆが》めた。

初めて見るその表情に内心で驚きながら、私はハッとして尋ねた。

「あの、もしや父から何か聞いているのですか？」

私の言葉にアズール様は小さくうなずくと、言いにくそうに呟く。

「マロー公爵に、なぜ我が国に嫁がせたいのかと尋ねた時、シャルロッテ嬢が我が国のような土地……つまり不毛の大地に嫁ぎたいと言っている、との話を聞いたのだ」

あの時は傷心だったとはいえ、不毛の大地などと失礼な言葉を使ってしまっていたことに私は慌てて謝罪した。

「申し訳ございません。不毛の大地などと……不愉快でしたよね。申し訳ありません」

頭を下げると、アズール様は慌てた様子で言葉を続けた。

「違うのだ。いや、その、我が国が不毛の大地だということは、その、自覚している。問題はそこではないのだ。君が……不毛の大地である我が国に嫁ぎたいと言ったことについてだ」

「え？」

首を傾げると、アズール様は言いにくそうに言葉を続けた。

「我が国は近い将来、不毛の大地ではなくなるかもしれない……」

「え？」

「実は、魔物の住む森との境にある渓谷に、美しい花が咲くようになったのだ。調べてみると一輪だけでなく、多数の花が確認された。そして今日の天気だ。もしかしたら我が国は、これから不毛の大地ではなくなるかもしれない」

それは私のせいかもしれません、とは言えず、私が黙っていると、アズール様は私の両手を優しく握り、真っすぐにこちらを見つめて言った。

「俺は、君が私の婚約者になってくれると決まった時、誰よりも愛し大切にしようと誓った。それは、大国から来てくれる君に感謝したから、というのもあるが……その……君を一目見た時に、心を奪われたからでも……ある」

真っすぐに告げられる言葉を聞きながら、心臓が次第にうるさくなっていくのを感じる。

「だから、すぐにとはいかなくても、昔の恋心を君が忘れ、この地で私のことを少しでも好きだと思ってくれたら、それだけで俺は幸せだ。だが……そもそも君は不毛の大地を求めて俺のところに来た。ここが不毛の大地でなければ……君は……お願いだ、シャルロッテ嬢。ここは君の望むような土地ではなくなるかもしれないが、絶対に君を幸せにする。だから、ここにずっといてくれないか」

アズール様は焦ったように、そう言葉にすると、早口で言い切ったからか、息が切れている様子である。

早口で告げられたその言葉に、じわじわと熱を感じながら、私はぱくぱくと魚のように口を開けては閉じてを繰り返した後、やっと言葉を紡《つむ》ぐことができた。

「私は……ここに、いたいです。アズール様がいていいというのであれば、いさせてください」

「シャルロッテ嬢！」

「でも」

「え？」

瞳を輝かせたアズール様に、私は一度待ったをかける。

「私の話を聞いてから、決めてください。……この国にも関わることです」

ずっと秘密にし続けてきた私の秘密。

セオドア様に対しては、話そうと思ったことがなぜかなかった。きっと、私はわかっていたのだ。

セオドア様は私を守ってはくれないということを。私と共に苦難を乗り越えてはくれないだろうということを。

でも、アズール様には正直に話したい。

不安はあった。けれど私は、アズール様ならばきっと大丈夫だと思えた。

私は勇気を振り絞る。

これまで私自身の口から、この能力について誰か人に話したことはない。

ずっと秘密にしてきた。

だけれども、夢の中でお母様に背中を押されたような気がした。

私は大きく深呼吸をすると、自分がつけている香水の香りが鼻をかすめていく。

大丈夫。勇気を出そう。

「私には、秘密があります。この能力については、私の父以外は知りません。ただ、能力があるかもしれないと、リベラの国王陛下にだけは勘繰《かんぐ》られておりました」

「秘密？」

私は言葉で説明するよりも、見てもらった方がいい。そう思った。

「見ていてください」

私は青い空を見上げて手を伸ばし、祈りを捧げる。心の中で雨を願う。

私の心は天に届く。感情を反映して天気は変わり、そして私の願いに天は応えてくれる。

「雨よ。心地のよい雨よ、どうか降ってくださいませ」

「シャルロッテ嬢……何を……なっ」

次の瞬間、ポタリ、ポタリと雨が降り始める。

青天の中の、突然の優しい雨。

キラキラと降り注ぐ雨に、私は手を伸ばし、それからそれを下ろすと、アズール様へ視線を向け、はっきりと告げた。

「私が泣けば天からは雨が降り、私が笑えば天は晴れ渡ります。そう、私が願えば天は応えてくれるのです」

声が震えそうになるのをぐっと堪える。

ちゃんと、伝えなければならない。

アズール様は目を丸くすると、次の瞬間周囲を見回し、私を抱き上げると、庭から私達の私室へ向かって廊下をずんずんと歩いていく。

「アズール様？」

突然のことに私が驚いていると、廊下をすれ違った騎士達が驚いた顔をしている。

「少し待ってくれ。部屋に着いてから話をしよう」

「は、はい」

私達の共同私室につくと、アズール様は私を膝の上に乗せたまま頭を抱える。

「いくつか質問に答えてもらえるだろうか」

「……はい」

何を質問されるのであろうか。やはり私は不気味がられたり嫌がられたりするのだろうか。

不安がよぎるけれど、アズール様はそのような人ではない。

わかっていても、間が空けばやはり不安がよぎる。

私が言葉を待っていると、聞かれたのは意外な言葉であった。

「この能力があるから、天に連れ去られるとか、命が削られていくとか、そういう代償のようなものはないのだよな？」

その言葉に、私はどういう意味だろうかと思いながらも答えた。

「えっと、そのような話は聞いていません。お母様は病気で亡くなってしまいましたが、曾祖母は長寿だったと聞いています」

これで答えになっているだろうかと思うと、アズール様は心配そうに言った。

「では、この能力を知っているのは？　リベラ王国国王が勘繰っているというのは？」

「私の能力をちゃんと把握しているのは父だけです。ただ、願えば天が応えてくれるというのに気づいたのはここに来てからですから、それについては父も知りません。あと、私の母の能力はあくまでも小さなもので、リベラ国王はそれについて把握していたというだけです。私にも能力があるかもしれないとは思っていたようで、だからこそ、王子の婚約者にしていたのです」

「つまり、君に能力があるかもしれないと思って王子の婚約者にしていたが、婚約解消となり、君を仕方なく手放したということか」

「えっと、そう、です」

アズール様はうなずくと、私の手をぎゅっと握りながら言った。

「このことについては、絶対に俺以外には他言してはいけない。君の能力は、他国が喉から手が出るほど欲しがるものだ」

「……はい。亡き母から、私を愛し、信じられる相手には正直に伝え、共に困難を乗り越えていきなさいと言われたのです」

その言葉に、アズール様が驚いたように私の手を握る手に力を入れたのがわかった。

私は心臓がドキドキしながらも、やはり言わなければいけないだろうと、自分の中に芽生え始めた気持ちを告げた。

「あ、あの……私、今まで、人をこんなに信じられるなんて、安堵《あんど》できる人がいるなんて思ったことがなくて……その、まだ、曖昧《あいまい》ではあるのですが……たぶん、アズール様に惹かれています。すみません。この前までセオドア様の婚約者だったのに、でも、そんなに私は軽い女では……」

自分の気持ちに戸惑い、これでは私は軽い女性のように思われてしまうのではないか、と混乱して、どんどん言い訳のようになってしまう。

けれど自分の中に芽生え始めた気持ちは本当で、だからそれを伝えたくて必死に言葉にする。

私はおずおずとアズール様を見上げると、アズール様は顔を真っ赤に染め上げていた。

「あ、アズール……様？」

「いや、その、嬉しい」

「……あの、本当にその、私」

アズール様は笑みを浮かべると、私のことを優しく抱きしめて背中をトントンとする。

「君が軽い女性だなんて思っていないし、俺のことを信じて安堵してくれていることが嬉しいんだ」

「……はい」

抱きしめられて心臓がうるさくなる、温かで大きなアズール様に抱きしめられていると、本当に幸せな気持ちになる。

不思議な感覚だなと思っていると、アズール様がおずおずした様子で言った。

「だが、その、セオドア殿には話さなかったのか？」

私自身もなぜだろうかと思うけれど、セオドア様には話そうとすら思わなかったのだ。

「はい。なぜか……その考えには至らなかったのです。それに、そもそもセオドア様は、私のことを愛してなどいませんでしたし……」

「君のように可愛らしい女性を愛さないとは不思議なことだ。だが、そのおかげで君は私の腕の中にいる。ふふ。ありがたい限りだ。あ、すまない……君に不躾《ぶしつけ》だったな」

「あ、いえ……私も、今はここに来られて良かったと……本当に、そう、思えます」

ぎこちなくなってしまったけれど、そう告げると、アズール様はまた嬉しそうに声をもらした。

「ふふ。ありがとう。よし……では少し話を戻そう」

「あ、はい」

アズール様が離れてしまい、少し寂しくて名残惜《なごり》しく思っていると、アズール様が私を見て眉を寄せた。

「その顔は……可愛いすぎるだろう。くっ……俺の理性がもたないやもしれん」

「え？」

「可愛らしい婚約者殿。無防備なのは俺の前だけにしてくれ」

アズール様は、どうしてこうも簡単に、ドキドキするようなことを口にするのだろうか。

私は少しだけ、アズール様のこれまでの恋愛経験が気になり始めてしまう。

けれど、今はそれを気にしている時ではない。

アズール様が、コホンと咳ばらいをしたのちに、私とアズール様は今後どうしていくかを話して決めていったのであった。

5章　互いを思う愛と、離れる愛

私とアズール様は話し合い、私の能力についてはやはり誰にも話さず秘密にすることに決めたのであった。

そしてアズール様は、一度試してみたいことがあると庭を立ち入り禁止にすると、私と二人で庭のベンチに座り言った。

「天気は、その、自由自在に操れるのか？」

「え？　いえ、試したことはありません。ですが、願ったら、応えてくれます」

「ふむ……でも、感情は無作為に反映されてしまうのだよな？」

「えぇ。ですがこれまで、このシュルトン王国に来るまでは、感情を表に出さないようにしてきたので、具体的にはわからないのです」

アズール様はそれを聞いて、少し黙ると私のことを見つめた。

「……これまで、ずっと我慢してきたのか？」

「え？」

その言葉に、アズール様が私のことを心配しているのだということに気がついた。

私は何と答えればいいのだろうかと思いながら、小さくうなずく。

「幼い頃から感情を出さない練習を習慣的にしていました。あと、私の付けている香水は母の好きだったもので、この香りをかぐと落ち着くのです」

「そうなのか」

「はい。アズール様は、この香り、嫌ではありませんか？」

思わずそう尋ねると、アズール様は小首を傾げた。

「なぜ？　俺は、なんだかほっとする香りだと思ったが」

その言葉に、私は良かったと思いながら笑みを浮かべると、アズール様が私の頭を優しく撫でる。

「何か心配したようだけれど、俺は君のことを否定したりはしない。不安があれば、何でも聞いてくれ。ちゃんと君の問いに答えるから」

真っすぐにそう言われ、私はうなずく。

「アズール様は、その、どうしてそのように優しいのですか？」

私の言葉にアズール様はふっと笑いをこぼす。

「誰にでも優しいわけではない。俺はこの国の国王だ。まぁ不毛の王国だけどな。それに我が国は領土はまぁあるが、ほとんどが不毛の大地。それに魔物を討伐することで国を保っている国でもあるし、華やかな貴族社会も、舞踏会もない。けれど、シュルトンの男は心に決めた女性を守り、愛し抜く」

「……アズール様」

「シャルロッテ嬢」

私は真っすぐにアズール様を見つめ、気になっていたことを素直に聞いた。

「アズール様は、これまで女性とお付き合いしたご経験があるのですか？」

「……シャルロッテ嬢。俺は、この国の国王だ。あのな、その……経験が豊富だと言いたいのが男の性だけれど、俺は15歳の時に前王が突然亡くなったことで王位を継ぎ、それからは魔物との戦い続きでな……その……」

アズール様は頭を抱えると、大きく息を吐く。

「君が……初恋だ……あぁぁぁぁ！　大の大人にこんなことを言わせないでくれ。恥ずかしい。くっ……」

両腕で顔を覆ってそう言うアズール様の様子に私は驚きながらも、初恋という言葉と、今まで恋愛経験がないという事実にも驚く。

「本当に、本当ですか？」

「本当だ。いいかシャルロッテ嬢！　お願いだから、恥ずかしいんだ」

私はそんなアズール様を見つめながら、性格が悪いかもしれないけれど、顔がにやけそうになってしまう。

アズール様の初恋。そう聞くと、胸の中が温かくなって、嬉しくなる。

「あああぁぁ。頼む。他の者には言わないでくれ」

「はい。言いません」

「あぁ」

「ふふふ。アズール様、すごく手慣れている感じだったので、私、心配してしまいました」

「不毛の大地でどう手慣れろと言うのだ。それにもともと俺の結婚相手は、周辺諸国との繋がりが求められる政略結婚になる予定だったしな。他の国のご令嬢を迎えるというのに、女性にふしだらという噂でも立ったら、嫁いできてもらえないだろう」

なるほど、確かにそうだなと思いつつ、私はちらりとアズール様を見た。

ずっと気になっていたアズール様の女性関係が訊けて、私はほっとしたのであった。

私とアズール様はその後、私の能力について庭で少し試したりして過ごした。

シュルトン王国の天候は、私の感情に反応して、どんどん青空が広がる日が増えていった。

そして雨もまた、私が願うことで定期的に降るようになり、人々から驚きの声が上がる。

そればかりか不毛の大地だと言われたシュルトンの大地に、緑が芽吹き始めたのである。

その良い意味での異常に、王国全土が喜びに包まれ出す。

私は緑が溢れ出したという話を聞き、今日はアズール様の馬に乗せてもらい、不毛の大地だった場所を見学に来ていた。

「アズール様、本当にここが、不毛の大地だったのですか？」

目の前に広がるのは、美しい緑の大地であり、花々が咲き誇っている。

風に乗って、甘い花の香りが感じられ、蝶や蜂達が飛び回る姿が見えた。

「あぁ……君には信じられないかもしれないが、ここは君が来るまでは、蝶が飛び交うような場所ではなかった」

その言葉に、私は驚いてしまう。

「不毛の大地……では、ないですね」

「あぁ。君のおかげだ」

アズール様の言葉に私は首を横に振った。

「いいえ。そんなこと……でも……私、少し怖くなってきました」

私の言葉にアズール様が慌てて言った。

「ど、どうしたのだ？」

「いいえ……不毛の大地だから、私、自分の感情を抑えずにいたのです。でも、この光景を見てしまうと……気を付けた方がいいのではと」

少しほっとしたような口調でアズール様は微笑みを浮かべると言った。

「はは。それならば心配ないと思う。俺が思うに、君は自由でいた方がいい。この大地はもともと不毛の大地だ。花々が咲き誇る今が異常なのだ」

「でも……」

私の頭を優しくアズール様は撫でると言った。

「それに、何より、俺は君を苦しくなるほど泣き喚《わめ》かせるようなことはしない。俺がそんな人間に見えるか？」

私は首を横に振る。アズール様はそんなことはしないだろう。

「ならば俺を信じろ。俺は君に辛い思いはさせない。言っておくが、俺はどこかのバカ王子とは違う」

「え？」

突然の言葉に私が驚くと、アズール様は声を潜《ひそ》めた。

「すまない。心の中に潜めていた思いがつい漏れた」

「え？」

「君のように可愛らしい女性に愛されていたのに、それを無下《むげ》にするような男はバカだと俺は思う。辛い思いをした分、君は俺の傍で幸せに笑っていてほしい」

アズール様の言葉に、私はこぶしをぎゅっと握り締め、アズール様の胸へ背中を寄せて、体重をかける。

「……あまり、甘やかさないでくださいませ」

「ん？」

私はアズール様を見上げると言った。

「アズール様の傍にずっといたくなります。離れている時間が、もっと寂しくなります」

そう告げた瞬間、アズール様は私のことをぎゅっと抱きしめる。

大きな体に後ろからぎゅっと抱きしめられると、なんだか包まれているようで、幸せな気持ちになる。

温かで、アズール様の腕の中は安心できる。

「はぁぁぁぁ。無防備な。くっ……」

「アズール様？」

「女性がこれほど恐ろしい存在だと、俺は君に出会って知った」

「え？」

恐ろしい？　私は一体アズール様にどう思われているのであろうか。

不安になって私が腕の中でもぞもぞと動くと、アズール様にぎゅっと抱きしめられて押さえられてしまう。

「あの……わ、私、恐いですか？」

「違う。そういう意味ではない」

「え？」

なら、どういう意味なのだろうか？　と私の頭の中が混乱してしまう。その時、急に強い風が吹き、私は瞼を閉じた。

そして目を開けた瞬間、風に花弁《かべん》が舞い上がり、美しい光景が広がっていた。

「アズール様！　見てください！　綺麗です！」

「あぁ……まさかシュルトンで、このような光景が見られるとはな……」

アズール様の言葉に、私はそうなのだなと思いながら、美しい光景を食い入るように見つめた。

青い空に花弁が舞い、まるで踊っているかのようであった。

「綺麗」

「あぁ」

穏やかに流れる時間の中で、同じ景色を二人で見ることができたことに私は幸福を感じたのであった。

◇◆◇◆◇

時は少し前に遡《さかのぼ》る。

シャルロッテがシュルトンへ旅立ってしばらく経った頃、セオドアは愛に溺《おぼ》れ、平民の少女ヴェローナの元へ毎日のように通っていた。

街で出会った彼女に、セオドアは夢中であった。

気さくで、男性にも臆することなく笑顔で話しかけ、表情がくるくると変わる。

そんな女性にセオドアは会ったことがなく、だからこそヴェローナにどんどん惹かれていったのである。

シャルロッテという邪魔者がいなくなった今こそ、ヴェローナに自分の想いに応えてもらいたいと思っていた。

「お願いだ。今日こそ、私と結婚すると言ってくれ。愛しいヴェローナ」

二人の間柄は、とても親密な関係であった。

ヴェローナの住む簡素な部屋にセオドアはよく足を踏み入れるようになり、二人でキスを交わすこともあった。

それは背徳的であり、セオドアはそんなことも臆せず積極的に行うヴェローナに、さらに心を奪われていた。

ヴェローナの部屋でセオドアが愛を告げると、彼女は困ったように首を横に振った。

「でも、セオドア様……以前はすぐに結婚はできないと言っていたでしょう？」

潤んだ瞳でそう言われ、セオドアは首を横に振った。

「いや、もう婚約者はいない。愛しいヴェローナと結婚するために婚約は解消した。あ、その、婚約していたことを秘密にしていたのは、その、婚約とは言っても形だけのものだったからだ」

その言葉を聞いた瞬間、ヴェローナは興奮した様子で声をあげた。

「えっ！　そうなのですか？　婚約者がいたことには、その、驚きましたが……本当に？」

「あぁ。だから君を私の妻に迎え入れたいのだ」

その言葉にヴェローナは瞳を輝かせると、セオドアに抱き着いてキスをした。

それにセオドアはうっとりとした様子で答える。

二人は何度もキスを交わし合った後に、抱きしめ合った。

「嬉しいです。セオドア様」

「あぁ。私もだ」

ヴェローナは楽しそうに言った。

「ねぇ、結婚するのだからもう、貴方の正体を教えてくれるでしょう？」

自分の立場については話していなかったセオドアは、ヴェローナに承諾してもらったことに歓喜して笑顔で答えた。

「あぁ。もちろんだよ。ふふ。これで君はこの王国の国母となるのだよ」

「え？」

言われた言葉の意味がわからずに、ヴェローナは小首を傾げた。

「こくぼ？　それってどういう意味？　貴方は、どこかの商会の富豪とかではないの？」

セオドアはその言葉に、大きな笑い声をあげた。

「私が商会なんかの？　ははは。私のこの気品が、そんなもののわけがないだろう」

「え？」

ヴェローナの顔色が一瞬で変わり、セオドアは首を傾げた。

「どうしたのだ？」

「待って、セオドア様。国母？　え？　どういう……こと？」

「秘密にしていてすまなかった。私はこの王国、リベラ王国の王子、セオドア・リベラなのだ。

だから、君が私と結婚をすれば、君は国母となるのだ」

セオドアがうっとりとした表情でそう告げると、ヴェローナは顔を引きつらせ、握られていたセオドアの手を振り払って立ち上がると、焦った様子で言った。

「な、何をおかしなことを言っているの？　国母？　待って、待って！　意味がわからないわ」

戸惑うヴェローナに、セオドアは落ち着くように声をかける。

「え？　ヴェローナ？　大丈夫さ。心配することはない」

その言葉に、ヴェローナは首を横に何度も振る。

「待って、待って。王子様？　王子様なの？」

セオドアは胸を張り、ニコリと笑みを浮かべてうなずく。

「そうだよ。そして君がプリンセスだ」

ヴェローナは口元に手を当てると、青ざめた顔でふらつき、視線を彷徨《さまよ》わせた。

「ごめんなさい」

「え？」

「私、貴方はただのお金持ちだと思っていたの。だから、貴方が貴族様、それも、まさか王族の方だなんて思ってもみなかったの」

セオドアは手を伸ばすけれど、ヴェローナはその手をよけ、怯えた表情で言った。

「無理です。本当に、本当に申し訳ございません。お許しください」

先ほどまでは頬を赤らめていた少女ヴェローナは消え去り、その場で跪くと、頭を床につけて泣声をあげた。

「お願いです。お許しください。本当に申し訳ございません」

「ヴェローナ？　え？　一体何を。いつもの自信たっぷりな君はどうしたんだ？　君ならばきっと素晴らしい国母になれるさ」

笑顔でさらりと言われ、ヴェローナは泣きはらした瞳でセオドアを見上げると言った。

「文字の読み書きもできず、貴族様の生活すら知らない私が？　無理です。私は、私はこの苦しい生活から逃れるために、お金持ちの方との結婚を夢見ていたのです」

「は？」

ヴェローナの言葉に、セオドアは意味がわからないと眉間にしわを寄せた。

「君は私を愛していたから……」

「申し訳ございません。申し訳ございません。申し訳ございません」

「なんだと……正直に言え。今、何を考えている。正直に答えねば、わかっているな」

脅すような言葉をかけられ、ヴェローナは嗚咽《おえつ》する。

「言え！」

「わ、私なんかが国母なんて無理ですし、なりたくないです。私は、私はお金持ちと結婚したかっただけなのです！　それに、王子殿下といえば、公爵家のお姫様とのご婚約が決まっていると知っています。国民の皆が知っています！　私には、私には無理です！」

はっきりと告げられた言葉に、セオドアは言葉をこぼす。

「私を、私を愛してはいないのか？」

先ほどの勢いなど消え失せた声。

ヴェローナは泣くばかりで答えない。

その様子を見たセオドアは、こぶしを握り締めると、唇を噛む。

それから、部屋にあった物を投げ、ヴェローナに向かって突然罵声を浴びせ始めた。

「ふざけるな！　ふざけるなよ！　お前のために私が、私がどれだけ叱責を受けたと思っているのだ！　お前が愛していると言ったから！　だから婚約も解消したのだぞ！」

完全なる責任転嫁を行い始めたセオドアは、部屋にあった物という物を壊していく。

「ふざけるなよ！　お前ごとき平民を国母にしてやると言っているのだぞ！」

ヴェローナはその場にうずくまり、それから嗚咽し泣き続ける。

「申し訳ございません。申し訳ございません」

そんなヴェローナをセオドアは立たせると、大きく、ゆっくりと息を吐いて言った。

「ふぅぅぅ。大丈夫だ。大丈夫。怒ってすまなかったな」

感情の起伏の激しさに、ヴェローナはセオドアの狂気を目の当たりにする。

けれど、何も言えずに涙を流しながら呆然としていると、ぎりりと肩にセオドアの指が食い込む。

「今は混乱しているだけさ。また会いに来るからな」

「ひっ」

セオドアはそう言うと、ヴェローナに口づけを落として立ち上がる。

「……君が国母になれないという気持ちは、わかった」

「ひっぃぃ……」

泣き声をあげるヴェローナを無視して、セオドアは部屋を出る。

そしてフードを被りなおすと、道を歩きながらゆっくりと息を吐く。

ぐっとこぶしを握り締めながら、セオドアは言葉をこぼす。

「どうして……だって、君が運命だって……あれは、嘘だったのか？」

冷たい乾いた風が吹き抜ける。最近は曇り空が多く、雨が降らないからか、大地が乾燥しているようだ。

「これから……どうするべきか……」

父である国王に、一体何と報告したらいいのか。

セオドアは大きくため息をついた時、曇った空がごろごろと音を立てているのを感じた。

そして次の瞬間、セオドアの目の前に雷が落ちる。

「うわぁっ！　なんだこれ……くそ！」

苛立ったセオドアは、近くにあったバケツを蹴《け》ると、大きくため息をついた。

待機していた護衛達を連れて王城へと帰ると、セオドアはすぐに国王から呼び出されることになる。

まさかもう自分達のことを知られてしまったのかと思っていると、国王から違うことを告げられた。

「セオドアよ……最後にお前にもう一度チャンスをやろう。今の恋心を捨て、シャルロッテ嬢にしっかりと謝罪し、心を入れ替えることはできるか」

その言葉を聞いた瞬間セオドアは、神はまだ自分を見捨てていなかったのだと思った。

これは、またとないチャンスだ。

ヴェローナは国母は無理だと言ったが、金持ちと結婚したいと言っていた。

つまり、金があればいいのだ。

セオドアの中にあった、純粋な恋心は今ではどろどろに煮えたぎりその姿を変えていた。

金さえあればいいのであれば、ヴェローナのことは買えばいいのだ。

以前シャルロッテ嬢は側妃などにすればいいと提案してくれたではないか。

彼女の言っていたことが正しかったのだ。

ただ、ヴェローナを側妃にするつもりはない。

買った後は、もう自分の所有物という認識であった。

ただ、とにかく今は、しおらしい王子を演じるべきだと判断し、セオドアはできるだけ反省の色が見えるよう顔を装うと言った。

「父上、いいえ、国王陛下。私が間違っていました。恋心は捨て、これからは王族として、しっかり道を歩んでいきます」

国王はその言葉に少しばかり眉を寄せた。

「……その言葉、信じてよいのか？」

「もちろんです。覚悟を決めました」

セオドアは国王の目を真っすぐに見つめ、平気で嘘をつく。

国王は鋭い瞳でそれを見つめながらも、最後には小さく息を吐いてうなずいた。

「行動で示して見せよ。……シャルロッテ嬢を逃したのは大きな損であった。はぁぁ。最近シユルトン王国の気候が変わったと聞く」

「え？」

突然何のことだろうかとセオドアが首を傾げるのを見て、国王はため息をつく。

それから、覚悟を決めたように国王ははっきりと告げた。

「お前は王の器ではなさそうだな……謝罪後は、隣国の女帝の元へ嫁ぐ算段が付いている。心得ておくように」

「は？」

寝耳に水の言葉に、セオドアは目を丸くする。

国王はセオドアをぎろりと睨みつけた。

全てを見透かしたその瞳に、セオドアはぞっとする。

「女に振られたにもかかわらず、よくもそんな顔ができたものだ。しかも見苦しくも喚き散らしたようだな。あまり父をなめるな。いいか、お前は隣国の女帝に第六皇配《こうはい》として嫁ぐのだ」

背筋に汗が流れ落ちていくのをセオドアは感じる。

「と、突然何を。私はこの国の次期国王ですよ？　何のご冗談を」

国王が冗談だと笑ってくれることを願ってそう言うが、現実に目の前にいる国王は冷ややかな瞳で言った。

「冗談ではない。シャルロッテ嬢に婚約解消を言い渡したお前を国王にするわけがなかろう。お前は眠っていた獅子を起こしたのだ。マロー公爵がお前を隣国ルードビアの皇配に推し、話を進めている。すでに他の貴族達はマロー公爵に同意している。はぁぁ。ここしばらく、貴族達の動向すら見ていなかったのだろう」

「ルードビアって、あの南国の帝国ですか⁉　強い女帝の治める国に、私を？　ちょっと待ってください。なぜマロー公爵が！　この前はそんな素振りなど」

「お前には何度も、マロー公爵には失礼な振る舞いをするなと言ってきただろう」

「それは、公爵家だから」

「あぁそうだ。あの、マロー公爵家だからだ。マロー公爵ほど恐ろしい男はいないと、何度も教えてきたはずだ」

その言葉に、セオドアは顔を引きつらせながら笑った。

「ですが、実際には恐ろしくはなく、シャルロッテ嬢が可愛くて、いつも目尻を下げているマロー公爵ですよ⁉」

「あぁ。家庭を持って丸くなった。それをお前がまた目覚めさせたのだ」

「何を……」

「とにかくお前は、シャルロッテ嬢に謝罪に行った後は、ルードビアへ婿入りするのだ」

「あ、お待ちください父上！」

国王は待つことなくその場から去り、セオドアは呆然としながらその場で固まる。

自分の身に何が起こったのか理解できず、セオドアは視線を彷徨わせる。

ルードビア帝国は女性の治める国。そして第六皇配とはいうが、すでに十人以上の皇配が気に入られずに離宮に放っておかれていると聞く。

放っておかれた皇配は、孤独で惨めな暮らしをしているとか。

そんな場所に自分が？

セオドアはその事実に焦りを感じ、思いつく。

「シャルロッテ嬢に戻ってきてもらえば万事解決だ」

シャルロッテ嬢が自分の元に戻り婚約が戻れば、自分は次期国王になれるはずだ。セオドアはそう考えると、謝罪に行ったと見せかけて、その時にシャルロッテ嬢に自分の元に戻ってくるように言えばいいと思った。

そうすれば、きっとシャルロッテ嬢は戻るだろう。

安易な考えだと気づくことはなく、セオドアはほっと一安心すると、自分が婿入りなどありえないと頭を振るのであった。

そして、自分の護衛騎士に命じた。

「平民でありながら俺を侮辱した罪は重い。ヴェローナを奴隷へと落とし、離宮へ閉じ込めておくように」

王族故の傲慢《ごうまん》。愛していると言いながらも、結婚しなければ平民。ならばそれは王族の所有物のようなものだとセオドアは認識している。

そして所有物は、主を否定するなどあってはならないことなのだ。

セオドアは笑みを浮かべたのであった。

「甘やかしてしまったからな。躾が必要だ」

ヴェローナが早く離宮に来ればいいなと、セオドアはどろどろとした感情を煮えたぎらせながら思ったのであった。

◇◆◇◆◇

「わぁぁ。大きくなっているわ」

アズール様にお願いをして、王城の横にあった不毛の大地であった場所を借りると、私はそこに小さな畑を作ってみた。

本当に小さな畑で、自分が管理できる分だけ。

こうやって自分が野菜を育てるなんて思ってもみなかった。ただ、不毛の大地と言われていた場所に、緑が生え、生き生きと伸びる姿に心揺さぶられた。

それをアズール様に話したところ、何か育ててみてはと言われた。

アズール様は、おそらく花か何かを想像していたのだろうけれど、私は迷わず野菜を選んだ。

このシュルトンが不毛の地でなくなったなら、野菜が育ち、自国の生産も増やせるかもしれない。

そうなったら、きっと今よりも国はさらに豊かになる。

小さな畑をしっかりと耕し、畝《うね》を作り、イモ類を植えた。豆がなるという苗木をもらい、ツタが伸びやすいように支柱を用意した。

やっと地面に育った緑を抜いてしまうのがもったいない気がして、畝と畑以外の場所にはたくさんの雑草が生えている。


風が吹くと芽吹いた花々が揺れ、花と土の香りがふわりと香った。

「シュルトン王国が、もっともっと、笑顔の溢れる国になるといいなぁ」

私がそう呟くと、後ろから笑い声が聞こえ、振り返るとアズール様が立っていた。

「ははっ。シャルロッテ嬢は、本当に可愛らしい人だな」

「あ、アズール様！　どうされたのですか？　お仕事中なのでは？」

「休憩時間だ。それにしても、ほら、土がついている」

私の頬を指で拭うと、アズール様は畑を見て声をあげた。

「まさか王城の横の枯れた地で、こんな畑ができるとは。しかも結構よく育っているな」

「はい。結構よく育ってくれているんです。ほら、少しずつ大きくなって、先日1つ花が咲いたんです」

私が指さすと、アズール様は驚いて、すごいなぁと言葉をこぼす。

空は青く晴れ渡っており、心地の良い陽気である。

風が吹き抜けていくのを感じていると、アズール様が小さくため息をついてから、2通の手紙を懐から取り出し、私に差し出した。

「君の父上からと、あと、リベラ王国から一通手紙が届いた……すまないが、嫌な予感しかしない」

一体なんだろうかと思いながら私は手紙を受け取り、まずは父からの手紙、そして次に王国からというか、セオドア様から届いた手紙を開いた。

私は、静かに読み終えると、手紙を畳み、そして視線を地面に落とす。

風に揺れる花を、一瞬ぼうっと見つめ、顔を上げて青空を見上げた。

「君の父上から、俺は別に手紙をもらい、状況は把握済みだ。ただ、そのセオドア殿からの手紙の内容までは知らない」

アズール様の言葉に、私は瞼を一度閉じて、それから深呼吸をすると、アズール様へと視線を戻した。

見上げるほどに大きな体、そして凛々《りり》しい姿。

私はゆっくりと口を開いた。

「私への非礼を詫びる謝罪のために訪問。私の知るセオドア様であれば、この機会に私を連れ戻そうと考えると思います……お父様からの手紙には、恋人に振られたことや第六皇配として婿入りが決められたことなどが記されていますが、セオドア様からの手紙では、謝りたいという言葉だけが記されているので……おそらく……」

「……君の父上もそれを危惧しているようだな」

アズール様は私をじっと見つめる。

「俺は君を譲る気はないぞ」

はっきりとそう告げられ、私はアズール様の瞳を真っすぐに見つめた。

アズール様も私を真っすぐに見つめながら、私の手を取り、そしてもう一度はっきりと言った。

「君は……まだセオドア殿に気持ちが残っているかもしれないが、セオドア殿より俺の方が絶対に君を大事にする。泣かせない。笑顔でいてもらえるよう努力する。はいそうですかとセオドア殿になど譲る気はない」

私の心臓はドキドキと高鳴り、真っすぐに見つめてくるアズール様の視線から逃れるように下を向く。

嫌なのではない。

そう言ってもらえたことが嬉しくて、恥ずかしくてたまらない。

「シャルロッテ嬢。俺は、君が嫌だと言ったとしても、君を国に返すつもりはない……すまない」

突然謝るアズール様に、私は慌てて顔を上げた。

「いいえ！　そう言ってもらえて、嬉しくて！」

アズール様が驚いたように目を開く。

「嬉しい？」

私は口を手で押さえ、恥ずかしさから頬に手を当てる。

「あ、いえ、その……」

アズール様の手が私の手を握り、私を覗き込むようにして見つめる。

「シャルロッテ嬢、嬉しいとは？　俺の気持ちが嬉しいということか？」

「あ、えっと」

恥ずかしくてたまらなくて目を逸らそうとするけれど、アズール様に腕を引かれ、私はアズール様の胸の中へと抱き込まれる。

「俺に抱きしめられて、嫌か？」

わかっていて聞いているのではないか、と私は思う。

アズール様の腕の中で、私は身を固くしていたけれど、おずおずとその背中に手を回す。

「い、嫌では、ありませんし、むしろ……嬉しいです」

私から抱きしめ返されるとは思っていなかったのか、アズール様の体が少し驚いたように揺れた。

アズール様から心臓の音が聞こえてくる。それは、私と同じようにドキドキとうるさくなっていた。

恥ずかしさが込み上げるけれど、それでも幸福の方が勝って、私はぎゅっと抱き着く。

温かくて、幸せを感じて、顔を擢《す》り寄せると、アズール様からうめき声があがった。

「はぁぁ。可愛い。後悔してももう遅いぞ。俺はもう君を手放さない」

「……はい」

セオドア様の婚約者だった頃には、毎日が不安でしかなかった。

嫌われたくない思いと、どうしたらいいのかわからない不安。

けれど、このシュルトン王国に来て、私は心から自由になり、そして自分を大切にしてくれる人に出会った。

愛されるということは、こんなにも幸福なのかと思った。

「シャルロッテ嬢、愛している」

そう耳元でささやかれ、私の心臓は跳ねる。

次の瞬間、空から突如として光が降り始め、大地に美しい花々が咲き誇り、薄霧の雨が降り注ぎ、空には虹がかかる。

アズール様は空を見上げ、私も同じように空を見上げながら驚いた。

「すごい」

「まさか……まさか、君か」

「え？」

アズール様は眉間にしわを寄せ、口元に手を当てると、空を見上げてその降り注ぐ光に触れる。

「この香り……そしてこの感覚……」

アズール様は手のひらに落ちてきた光を握り締め、周囲を見回す。

一体どうしたのだろうかと思いながら、私は、足元に美しい花達が咲くのを見つめた。

可愛らしい花からは、母にもらった香水と同じ香りがした。

不思議ととても懐かしく、私は微笑み、それに手を伸ばした瞬間、花が弾かれたように光を放った。

その光はふんわりと広がり、虹を生み出す。

「まぁ……不思議な花」

思わずそう呟くと、アズール様は目を見開いたまま口にした。

「君の……能力はすさまじいな……まるで、魔物を退ける……ための……」

そこまで言葉にしてから、アズール様は口元を押さえる。そして、顔を上げると言った。

「……少し、図書室に行ってもいいだろうか。見てもらいたいものがある」

突然どうしたのだろうかと思いながら、私はうなずいた。

「はい」

一体何だろうかと思いながら、私達は図書室へと向かう。その道中、アズール様は終始無言で何かを考え込んでいる様子であった。

図書室へと着くと、アズール様は奥へと進んだ。そして、本棚の横に置いてある飾りを引っ張った瞬間、本棚が開き、隠し扉が現れる。

「こちらへ」

「……はい」

ここは私が入ってもいいところなのだろうかと思いながら、私は足を進めたのであった。

古い本の香りがするその部屋は、中に入ってみると思いのほか広かった。アズール様が明かりをつけると、本棚が壁一面にあるのが見える。

「ここは、なんなのですか？」

そう尋ねると、アズール様は本棚の方へと歩いていき、その中から1冊の本を取り出すと、私の元へと帰ってきた。

「ここは、我がシュルトンの王族が管理する歴史の書庫だ。気になることがあったのだ。これを見てもらえるか」

「これは……シュルトンの歴史書ですか？　かなり古いようですが」

「建国当初のことが書いてある。読んでほしい個所があるのだ」

アズール様はそう言うと本を開き、ぺらぺらとめくっていくと私に差し出した。

「ここだ」

一体何が書かれているのだろうかと思い、目を走らせる。

「え？」

私は目を凝らすと、前後を読み進め、それからぱらぱらとページをめくっていく。

「シュルトンではかつて、雨を呼び、大地を守るための祭事が行われていたとある。だが、いつしかそれは歴史から消え、今では祭事を行うことはない。その名残として雨祭があるくらいだ」

私はうなずくと同時に、不思議に思った。

「ここ、見てください」

「あぁ」

〝祭事では、乙女が雨を乞い祈りを捧げる。さすれば天は応え雨をもたらし、魔物を退ける香り豊かな聖なる花を咲かせる。〟

その文面を見て私はアズール様を見上げる。

アズール様は眉間にしわを寄せ、考え込むように顎に手を置く。

「歴史書はかなり昔に読んだだけだったので忘れていたのだ。だが、先ほどの花と君の存在がきっかけとなり思い出したのだ」

「……これは、どういうことなのでしょうか？」

私とアズール様は歴史書をぺらぺらとめくりながら、何か手掛かりはないかと調べることになった。

他の本もアズール様は調べ始め、私も調べていく。

二人でしばらくの間、本とにらめっこのように過ごした時であった。

アズール様が勢いよく立ち上がると、私に本を開いて指さした。

「シャルロッテ嬢！　ここを見てくれ」

指さされているところを読んで、私は驚いた。

そこに載っていたのは、シュルトンで大災害が起こったという記録であった。

そして、その災害がきっかけで祭事が途切れてしまった、との記述もある。

一体何が起こったのか、私とアズール様がさらに調べていくと、その少し前に隣国の王がシュルトンを訪問していたことがわかった。

シュルトンはその隣国の王と揉《も》め、一人の王族が命を失った。その後、シュルトンは大災害に見舞われ、隣国の王族はシュルトンの復興を手伝う代わりに、一人の少女を妻として迎えたと書かれている。

何が起こったのかはわからない。

関連しているのかもわからない。

ただし、その隣国というのは、リベラ王国のことであった。

大災害によってシュルトンの人口は減り、大地に異変が起こり始めたこと、魔物が頻繁に渓谷から入ってくるようになったことも載っており、歴史の分岐点であったことは間違いないだろう。

シュルトンの王族が一人死に、大災害が起きた。そして、リベラの王族は一人の少女を妻として迎え入れ、連れ帰っている。

偶然なのか、必然なのか。

「もしかしたらシャルロッテ嬢は、この嫁いだ女性の血を引いているのではないだろうか」

アズール様の言葉に、私はうなずく。

そうかもしれない。

ただ、あまりにも情報が少ないため、本当にそうなのか確証はない。

アズール様は本を閉じると、大きくため息をついてから、ソファへとぐっと倒れるようにして座った。

そして、呟くように口を開いた。

「……渓谷の魔物の森との境目に美しい虹の霧が現れた。それから、魔物が入ってくる数がぐっと減ったのだ。それればかりか、渓谷を通り抜ける前に、嫌そうに魔物の森の方へ逃げ帰るようになった」

「それは……」

どうして？　そう思った時、アズール様が私を見て言った。

「シャルロッテ嬢、君が来てからなのだ。それから雨が降るようになり、渓谷に花が咲くようになった。そして、雨と花は光を放ち、虹の霧を生み出す。それらは魔物を退ける壁のようになったのだ」

その言葉に、私は心臓がなぜかうるさく脈打っていくのを感じた。

緊張しているのか、それとも不安なのかはわからないけれど、どこかそわそわするような感覚に私が戸惑っていると、アズール様が言った。

「不思議なものだな。ただ俺は、君が来てくれて本当に良かったと思っている」

アズール様は優しい微笑みを浮かべ、私の元へやってくると、私の手を握る。

「君は、我が国シュルトンに幸福をもたらす女神のようだな」

アズール様の大きな手で、手を握ってもらうと、なんだか幸せな気持ちになる。

私は笑みを返した。

「私もこの国に来られて幸せです。ふふふ。きっと神様が、ここへお帰り、お前の場所はここだよと、導いてくれたのでしょうね」

そう言うと、アズール様は笑い、私をぎゅっと抱きしめた。

「そうだといいなぁと思うよ」

「ふふふ。はい」

温かなアズール様に抱きしめられることが、当たり前になりつつあるなと、私はそう思ったのであった。

◇◆◇◆◇

リベラ王国、王子宮の離宮にある部屋で、ヴェローナがうめき声をあげていた。

突然奴隷へと身分を落とされ、セオドアの住む王宮の離宮へと身柄を閉じ込められたのである。

泣き腫《は》らした瞳で自分の目の前に跪くヴェローナを見て、セオドアは愛おし気に声をかけた。

「愛しいヴェローナ。お前は金があればいいのだろう？　大丈夫。お前はもう国母にはならなくてもいいよ」

うめき声をあげるヴェローナに、セオドアは金貨を投げて渡す。

その言葉にヴェローナはぞっとした。

「ど、どうかお許しください。どうか、どうか」

そう言うけれど、セオドアは笑顔のまま何も言わず、それから、ヴェローナにキスをすると言った。

「以前のような君に戻っておくれ。大丈夫。君のことは金で私が買った。つまり、君はもう私のものだ。君の大好きな金ならいくらでもやろう。よかったなぁ。夢が叶《かな》ったじゃないか」

ヴェローナはその言葉に、首を横に何度も振る。

自分の求めていた夢の世界はこのようなものではない。

「わ、私は、確かにお金は好きですが、私が求めていたのは、こんな生活じゃ」

次の瞬間、セオドアは、机の上に置いていたティーカップを床に落として割った。

「生活に、不便はないだろう？　働かなくてもいい。食べたいものが食べられる。綺麗な洋服を着られる。ほら、君の理想だろう？」

ヴェローナはその言葉に呆然とする。

自分が夢見ていたのはこんな生活だっただろうか？

「愛しいヴェローナ。そんな顔をしないでくれ。大丈夫。君のことは大事にする。君の大好きなお金も、ちゃんと不自由のないように準備する。ほらいいだろう？」

違うのだ。

確かに不便はないかもしれない。

確かに働かなくていいことは、以前と比べれば幸せなのかもしれない。

けれど、自由がない。

自由がないのだ。

「わ、私は」

今度は机の上にあった花瓶が床に落とされる。

ヴェローナはびくっと体を震えさせた。

「君はもう、私の所有物だ。所有物は口答えをしてはならない」

「ひっ」

ぞっとするような冷たい瞳。

以前の優しいセオドアは消えてしまっていた。

「ど、どうしてですか？　優しいセオドア様に戻ってください」

ヴェローナの懇願するような言葉に、セオドアは肩をすくめた。

「君が僕の愛を受け入れなかったのがいけないのさ」

「あ、愛……愛しております。どうか、どうか」

その場でわかり切った嘘をつくヴェローナの頬をセオドアは手で打つと、笑顔で言った。

「躾が必要だな」

「ひっ」

セオドアは自分の中に煮えたぎる感情をヴェローナにぶつけ始める。

「大丈夫。お利口にすればいいだけだ」

「お、お許しください」

「悪いのは、君だ。お利口にしなかったからね」

泣き叫んで懇願するヴェローナを、セオドアは恍惚《こうこつ》とした表情で見つめる。

セオドアは自分の中に生まれた狂気を楽しんでいた。

「大丈夫。あぁ、今度ね、シャルロッテ嬢を迎えに行くんだ。君が僕との結婚を断ったから、僕は彼女と結婚することにした」

「え？　で、でも、公爵令嬢様は嫁がれたと」

一体何がどうなっているのかわからず、ヴェローナは困惑するしかない。

ヴェローナに、外で何が起こっているのかわかるすべはない。

彼女はかごの鳥のようなものだ。

「あぁ。迎えに行くんだ。君も一緒に迎えに行くんだよ。そしてシャルロッテ嬢に懇願するといい」

「え？」

「シャルロッテ嬢が帰って来なければ、一緒に死のう」

「え？」

冷ややかな笑顔でセオドアにそう告げられたヴェローナの瞳は絶望へと染まっていく。

自分が今、何を言われたのかわからない。

これまで男性を金や道具としか見てこなかったツケが、今彼女に降りかかっていた。

「セオドア様、セオドア様、お許しください。どうか、どうか、お許しください」

セオドアは楽しそうに笑みを浮かべたのであった。

「大丈夫だよ。きっと上手くいくさ。ヴェローナも手伝ってね」

「お許しください……お許しください」

泣いて懇願することしかできないヴェローナをセオドアは見つめる。

かつて愛した、自由で元気な少女の姿はもうどこにもない。

セオドアの中に煮えたぎる想いは、自分に懇願する少女を見て、歪に満たされる。

「愛しているよ。ヴェローナ」

愛とは？

ヴェローナは自分のことなど愛してはいない男を見上げながら、涙をこぼした。

6章　国が変わる時

セオドア様がこのシュルトン王国へと来ることが決まり、隣国の王族の来日に私とアズール様は準備に追われていた。

リベラ王国はシュルトン王国の友好国であり、今後も関わりが続いていく国である。

だから、たとえセオドア様が他国へ婿入りすることになっているとしても、現段階では歓待しなければならない。

私はセオドア様の好みを把握しているので、準備はそう難しいものではなかったのだけれど、やはりシュルトンはリベラとは違い、物を揃えるだけでも一苦労であった。

それと同時に私は街の人々に、畑を作ってみてはどうかと布教する運動を始めた。

アズール様とも話をし、シュルトンの土地を無料で貸す代わりに、収穫があればその利益の2割を国に納めるようにとしたのである。

本当に利益は出るのかなど、人々からの質問が集まり、私はシュルトンの広場にて庭で育てた野菜たちを並べ、話をすることにした。

シュルトンは屈強な騎士が揃う国である。そして魔物に最も近い国だからこそなのか、屈強な人々が暮らす国でもあった。

リベラ王国の首都と比べると、明らかに筋骨隆々な男性と女性が多いのである。

最初こそ違和感を抱かなかった私だったけれど、会う人会う人体格が良く、そして力が強いということに気づいた瞬間の衝撃は結構なものであった。

「上手くいくでしょうか」

今は物流があり、国は安定している。けれどももしも他国に、魔物はもう出てこない、シュルトンと国交しなくても問題はないなどというようなことになれば、シュルトンは生き残っていけるかわからない。

だからこそ、自国の生産性を高めたい。

私は、シュルトンが自国だと、自分が違和感なく思っていることに、内心驚く。

「どうしたのだ？」

アズール様は一緒に野菜を並べてくれながら、私の表情を見て首を傾げる。

私は笑みを浮かべると首を横に振る。

「いいえ、なんでもないのです。ふふふ。さ、準備です！　私、頑張りますね」

「あぁ」

シュルトン王国の未来のために、私とアズール様は野菜を一緒に並べていき、そして準備が整うと、騎士達によって一時封鎖していた入り口を解放した。

するとたくさんの人々が広場へとやってくる。


私とアズール様は壇上に上がると、人々からの視線を受けるのだが、何やら人々の視線がキラキラとして見えるので、私は不思議に思った。

すると、男性に肩車されている小さな男の子が声をあげた。

「女神様だ！　シュルトンの女神様が見えるよ！」

その声を皮切りに、うずうずしていたように人々が声をあげ始めた。

「シュルトンの女神に感謝を！」

「我らが女神様！　シュルトンに太陽と雨をもたらしてくださった女神様に感謝を！」

「女神様！　女神様！」

「あぁぁぁ。お目にかかれるとはなんという幸運！　女神様！」

「女神様万歳！　女神様万歳！」

人々の声はどんどん大きくなり、皆があげる声に圧倒されてしまう。

一体どういうことなのだろうかと思いアズール様を見ると、困ったように頭を掻き、それから声をあげた。

「皆、鎮《しず》まれ」

低い声が、これだけの人がいるというのによく響き、皆が声を鎮める。

私が驚いていると、アズール様が歯を見せて笑い皆に言った。

「高まる気持ちはわかる。俺も、女神が婚約者となり幸せだ！」

鎮めるのかと思いきや、煽るようなその発言、そしてこぶしを突き上げるそのポーズに私が驚いていると、皆がアズール様に触発されるようにこぶしを突き上げるものだから、シュルトン王国はある意味まとまりのある素晴らしい国だなと笑ってしまった。

「アズール様ったら」

私が笑い声をあげた瞬間、空から美しいキラキラとした雨が降り始め、まるでその場を祝福しているかのようであった。

その光景に、今まで騒いでいた人々は驚き、空を見上げる。

私は今が話を始めるチャンスだなと思い、声をあげた。

「皆様、しっかりと挨拶もできておりませんでしたが、この度アズール様の婚約者となりましたシャルロッテ・マローと申します。今日はお集まりいただきありがとうございます。私の話を聞いていただけるでしょうか？」

美しくきらめく雨の中、私がそう声をあげると、皆から歓声があがり、そしてまた静まり返る。

私はあまりの勢いに、少し心臓がドキドキしながら、アズール様に視線を向けた。

「私が話してもよろしいですか？」

もともと、会場が話をする雰囲気であれば、私が話をする予定となっていた。

アズール様がうなずいたのを見て、私は皆に向かって、トルトという比較的育てやすい野菜を見せながら言った。

「こちらのトルト、私が育てましたの」

こんなに大勢の目の前で話をするのは初めてだなと思いながらも、なぜか緊張はしなかった。

それよりも、皆に協力してもらいたい、このシュルトンを一緒に盛り上げてもらいたいという思いが強く、私は話し続けた。

人々は私の話を真剣に聞いてくれた。そして、私は言葉を続ける。

「このシュルトンを、他国の援助がなくても自立した、栄える国にしたいのです。不毛の王国ではなく、肥沃な王国にしたいのです！　そのためには皆様の力が必要です。どうか、協力していただけないでしょうか」

私の言葉に、アズール様が続けて言った。

「細かな計画はこちらで話し合い、書面にまとめてある。賛同するものはサインをしてほしい」

シュルトンは交易が盛んなため、識字率が高い国である。それもまたこの国の強みだなと思っており、私はシュルトンがどうすれば栄えていくのかはわからないが、まだまだ伸びしろがあると感じている。

「疑問や質問などは、そちらにある箱に入れてください。まとめて皆にわかるように提示していきたいと思います」

「この国が変わる時が来たのだ」

私とアズール様の声に、声が次々にあがり始めた。

「了解です！　我らはアズール様のおかげ、でこれまで魔物に殺されることなく生きてきたのです！」

「アズール様が言うのであれば、我らは従います！」

好意的な意見があれば、もちろん逆の意見もある。

「ですが、本当にできるのでしょうか？」

その声に、皆が静まり返る。

不毛な土地で生きてきた。これまで不毛な土地が肥沃になるなど想像もしていなかった。

無理ではないか。

皆が心のどこかでそう思っているのであろう。だからこそ、私は取ってきた野菜たちを、ここに並べたのである。

「不毛な土地で、このように美しい野菜が育ちますか？」

どこかで買ってきたものではないか、そんな疑問を持つ者がいるのも当然である。

私は笑顔を浮かべると、騎士達に壇上にトルトの苗木を次々に運んできてもらう。

トルトは誰でも簡単に育てられる植物である。そんなトルトであっても、シュルトンの不毛の大地では育つことができなかった。

だからこそ、トルトの苗木を私は用意したのだ。

「このトルトを各自で育ててみてください。トルトは太陽の光と水さえしっかりと与えれば、簡単に育てることのできる植物です。どうです？　これを育ててみて、できると思ったら協力してもらえませんか？」

まずは、このトルトの苗木を育ててもらうことで一歩を踏み出してほしい。

私がそう提案すると、一人、また一人と手が上がった。

「育ててみたいです！」

「俺も！」

声は次々にあがり、その場に用意していたトルトはすべてなくなった。

トルトが育つまでの間、私達はどう畑を分けるか、どのように進めていくかを王城で話し合

っていく予定である。

現在は皆、仕事がある。それはわかっているため、あくまでも最初は、仕事の合間にできる、育てやすいものをと考えられている。

今まさにシュルトンが変わる時である。

私とアズール様は盛り上がる民を見つめながら、手を握り合い、これからの未来に笑みを浮かべたのであった。


シュルトン王国の生産性を上げるために、アズール様は新たに王城に人を雇い、人々の心配事に対応したり、これからの農作物を育てるのに必要な用具を入手するために動き始めた。

農作物を育てる用具は基本的に、他国から流れてきてもシュルトンでは売れないために隣国へとそのまま流れていっていたのだが、今回はシュルトンで買い付けることにした。

他の国とシュルトンの違いは、他の国には農作物を荒らす野生の大型の動物がいるのに対して、シュルトンには基本的には小型の生き物しかいないため、畑を荒らされる心配がないことである。

シュルトンはきっと良い方向へと向かっていくはずだ。

私とアズール様は定期的に街を回り、配ったトルトの成長を見ていくようにしていた。

ほとんどの人は店先や家の外で育てており、街にトルトの苗が並ぶのは、見ていてなんだか可愛らしかった。

「ちょっとずつ大きくなってきましたねぇ」

私がそう声をかけると、アズール様も嬉しそうにうなずく。

「そうだな。これまでこのように緑が育つ姿を見たことがなかったので、なんだか嬉しい」

アズール様がにこにこしていると、それを見ていた街の人々から声があがった。

「アズール様が酒も飲まずに笑っていらっしゃる」

「にこにこしていらっしゃるぞ」

「嘘だろう。あの鬼人がか。笑うのは祭りの時くらいだと思っていたぞ」

「本当だ」

ざわざわとざわめき始め、アズール様は咳払いをすると言った。

「俺だって笑うぞ。ほら」

そう言ってアズール様は、にぃぃっと歯を見せて笑って見せる。すると、皆が愛想笑いを浮かべて日常生活へと戻っていき、アズール様は不満げな顔を浮かべる。

そして私の方を見ると、少し悲し気に尋ねた。

「俺は、そんなに常日頃笑っていないのだろうか」

しょぼんとした様子に、私は内心できゅんとしながら、首を横に振った。

「いいえ。そんなことありませんわ。アズール様はいつもお優しくて、私に笑顔を向けてくれますから、私はとても嬉しいですよ」

そう伝えると、アズール様は少し照れくさそうに笑う。

私達は笑みを交わし合うと、街の道を歩いていく。

大きな通りから小さな通りへと入ると、少し日陰になっているところもあり、やはり太陽の当たり方でトルトの苗の育ち具合は違うようだった。

「できるだけ太陽には当てた方がいいんだがな」

「そうですね。でも、日当たりが悪い場所でもこれだけ育っているのなら、問題はないかもしれません」

「そうだな」

少しずつ大きくなってきたことに、街の人々も喜んでおり、苗に花の蕾《つぼみ》がついているところもあった。

それを育てていたのは料理店の息子の小さな男の子で、自慢げに言った。

「俺のトルトが一番育ちがいいんだぞ！　アズール様、シャルロッテ様。ほら、花の蕾がついたんだ」

自慢げに見せてくれて、私もアズール様も嬉しくなる。

「本当だな。立派なものだ」

「花が咲くのが楽しみですね」

私達がそう声をかけると、男の子は嬉しそうに笑い、店の中へと帰っていった。

どの苗も大きく育ってきており、枯れたものは1つもない。

私達はそれにほっとした。

ここで枯れたものがあれば、やはり育て方を再検討しなければならないと思っていたからだ。

けれども、おそらくどのトルトも大切に育てられており、だからこそよく成長をしていた。

私達は、街の中心へと向かうと、噴水のある公園で一休みをする。

城は街よりも少し高い位置にあるため、公園のベンチに座っていてもよく見えた。

風が吹き抜けていく。

気持ちがいいなと私がそう思っていると、アズール様が飲み物を近くの露店で買ってきてくれた。

私はそれを受け取りながら、なんだか楽しくて笑ってしまう。

「どうしたのだ？」

私はアズール様に尋ねられ素直に答えた。

「いえ、その、私これまでリベラ王国では出歩くことがなくて、こんな風に街を歩いて、外で飲み物を飲んでいるなんて、不思議だけれど幸せだなぁ、って思いまして」

そう告げると、アズール様は私の横に腰を下ろした。

「確かにそうだな。シャルロッテ嬢は公爵家の姫君だものなぁ……以前、君が舞踏会の会場に入った瞬間の空気感は今でも覚えている」

「え？」

「あ」

私はアズール様の言葉に首を傾げる。

「アズール様、私のことを見たことがありましたの？　えっと、申し訳ないのですが、私の記憶にはなくて……」

そう告げると、アズール様は頭を掻きながらうなずいた。

「あ、いや、その……」

「私、見たかったですわ。正装姿のアズール様」

アズール様をあの頃見たら、どう感じていたのだろうか。

「それで、あの、いつのことです？」

いつのことだろうかと思っていると、アズール様は言った。

「俺は基本的に舞踏会で、最初に挨拶をするだけなのだ。だから君が覚えていないのも無理はない。俺が君を見たのも、一瞬のことで……だけれど、舞踏会で見た君は、本当に美しかった」

真っすぐに瞳を見つめてそう告げられ、私は少し恥ずかしくなる。

「煌びやかな場には、俺は場違いだとわかっている。だが、君のあの時の美しい姿を知っているからこそ、その、君を着飾らせたくなる自分がいる」

「え？」

突然の言葉に私は驚き、首を傾げた。

「着飾らせる……ですか？」

アズール様はうなずいた。

「あぁ。君は美しいから、その、可愛い服を着て踊る君をやはり見たいという気持ちがある」

思ってもみなかった言葉に、私は少し驚いていた。

セオドア様の婚約者であった頃、たくさんの人々から称賛の言葉を受けたことはあった。

ただそれは、王子の婚約者への社交辞令であるという認識だった。

けれども、アズール様の今の言葉は社交辞令ではないとわかる。

私は嬉しくなって、ついにやにやとしてしまう。

「ふふふ」

「なぜ、笑うんだい？」

「社交辞令以外でそのように言われたのは初めてなので、とても嬉しいです」

「え？　いや、あれほどの美しさだ。社交辞令ではないだろう」

「そうでしょうか。うーん。あまり意識したことはありませんでした。それに、婚約者であるセオドア様からはいつも何も言われなかったので」

その言葉にアズール様は驚く。

「君のあのように美しい姿を見ても心が揺れないとは……セオドア殿は、どのような趣味嗜好《しこう》の持ち主なのか……うむ。俺には理解できないな」

アズール様の言葉に私は笑い声を立てる。

「ふふっ。アズール様に褒めてもらえると、とても嬉しいです」

「うーむ。まぁ、うん。とにかく、どこかで君に着飾ってほしいというのが、俺の1つの夢になったのは確かだ」

「まぁ」

私達は笑い合う。

でも、確かに私も、アズール様が正装した姿を見てみたいなと思った。

いつか、アズール様と二人でダンスできたらきっと楽しいはずだ。

私達はそんな話をしながら一緒の時間を過ごしたのであった。


そして、そんな夢を叶えるために、まず終わらせなければならないことがある。

リベラ王国のセオドア様の一件を早く終わらせ、セオドア様には早々に国に帰っていただきたい。

私はそう考えていた。

そしてセオドア様が来国する予定の日、私とアズール様は念入りに準備を進めた。

セオドア様には、シュルトンが農業に力を入れようとしていることには気づいてほしくない。

また、シュルトンが肥沃な土地に変わっていっているなどとは、絶対に気づかれてはならない。

私にとって、もうリベラは他国であり、自国であるシュルトンを守ることが最優先である。

「シャルロッテ嬢……大丈夫か？」

アズール様の言葉に、私は顔を上げると笑顔でうなずいた。

「大丈夫です。アズール様が傍にいますから」

私はそう言うと、目の前にある魔法陣を見つめる。

ここで私とアズール様は初めて出会った。それが昨日のことのように懐かしい。

あの時は血の付いたアズール様に驚いた。

きっとあの時アズール様は、魔物を討伐した疲れた状態で、私のところまで急いで駆けつけてくれたのだろう。

それを思うと、胸の中が温かくなる。

アズール様と婚約できたのは、私にとって幸運なことだ。

今となってはセオドア様と婚約を解消できたことは、私にとっては良かったのだろう。そうでなければ、私はリベラ王国でいまだに苦しんでいたに違いない。

未練はない。だから私は、セオドア様に会うことも別段気にしない。

魔法陣が光り始め、部屋中に光が溢れる。

そして姿が見えた瞬間、私は目を見開いた。

「シャルロッテ嬢！」

次の瞬間、赤いバラの花束を抱えたセオドア様が、姿が見えたと同時に私の前に跪いた。

「会いたかった……本当にすまない。こうして謝罪する機会をくれたことに感謝する」

私の知っているセオドア様ではない。

相当に追い詰められているのだろう。

真っすぐに私を見てくれたことのなかった人が、今まさに私のことを真っすぐに見ている。

不思議な感じがするが、だからといって私の心が動くことはなかった。

会ったら何か感じるのだろうかとも思ったけれど、本当に何も感じない。

多少面倒くさいという思いは不敬ながらあるものの、懐かしさや憤りなどは感じられなかった。

そのことに私はほっとしていると、アズール様が私の前へと進み出てセオドア様の腕を取り、立たせた。

「シュルトン王国国王のアズール・シュルトンだ。リベラ王国の王子を床に跪かせておくわけにはいかない。さて、客間を用意してある。そちらに移り話を伺おう」

セオドア様は突然現れたアズール様を見て、目を丸くすると、視線を彷徨わせた後にうなずいた。

「あ、あぁ。はい。初めまして。リベラ王国のセオドア・リベラです」

その様子を見つめながら、この人はこんなにも弱々しい人だっただろうか、と私は小首を傾げる。

記憶の中にいるセオドア様はいつも堂々としていて、喜怒哀楽がはっきりとしたイメージであった。

シュルトン王国で逞しい人に囲まれているからなのか、セオドア様がとてもか弱そうに見える。

セオドア様は時折私の方へと助けを求めるような視線を向けるけれど、アズール様はセオドア様を案内するために横に並び、シュルトン王国まで来てくれたことに謝意を伝えるなど話しをしている。

ちゃんと、アズール様の話を聞いてほしいけれど、セオドア様は何度も私のことを見つめてくる。

「あぁ、セオドア殿。その花も受け取っておこう。シュルトンでは花を愛でることは少ない。侍女に生《い》けてもらおう」

「え？　いや、これは、シャル……いや、その……はい」

アズール様の視線を受けてセオドア様はそう言うと、花束を手渡した。

男性が男性に花束を手渡すという姿はなかなか見ることのないものだったので、少し新鮮な感じがした。

アズール様はもしかしたら花が好きなのだろうか。

アズール様があまりにもいい笑顔をしていたので私はそう思った。

それならば、城の庭に野菜ばかりではなく花を植えて、アズール様がいつでも見て心を癒《いや》せるようにしたいなと私は思うのであった。

アズール様は喜ぶだろうか。せっかくだからサプライズで花の準備を進めてみようかと思いながら、私は客間に向かって歩き出す二人についていこうとした。

そこでふと、セオドア様と共にやってきた数名の侍従や侍女と、その間にいる一人のフードを被った人物が気になった。

身長が低く、侍女だろうかと思ったけれど、深々とフードを被っているので誰かはわからない。

ただ、二人が先に歩き出してしまったので、私は二人に慌ててついていった。

客間に着くと私は、セオドア様が好んでよく飲んでいた紅茶を用意してもらう。

すると、それを一口飲んだセオドア様は、瞳を輝かせて私の方を見た。

「シャルロッテ嬢ほど私のことを理解してくれている人はいないだろうな……私の好みを覚えてくれていて嬉しいよ」

私の方を見て真っすぐにそう言うセオドア様。

向けられる好意的な視線に、私は少し気持ちの悪さを感じながら口を開こうとすると、アズール様が言った。

「はっはっは。実は紅茶の茶葉を入手したのは俺なのだ。セオドア殿がお気に召されたのであれば良かった」

「あ……そう、なのですね。ありがとうございます」

私と一緒に過ごしていた時とは全く違う様子のセオドア様を、私は不思議に思いながらじっと見つめてしまう。

この人はこんなにも、おどおどした人だっただろうか。

こんなにも人の顔色を窺う人だっただろうか。

こんなにも、へらへらとした笑みを浮かべる人だっただろうか。

自分の記憶の中の人とはあまりに違って見えて、私は驚いていた。

「いや、その……この度は訪問することを快諾してくださりありがとうございます。シャルロッテ嬢……本当に申し訳なかった」

そう言って謝るセオドア様を、私はどこか他人事のように見つめながら言葉を返す。

「良いのです。セオドア様には私よりももっと相応しい人がいるのでしょう。それに私は今、アズール様と婚約できて幸せです」

心からそう伝えたのだけれど、憐《あわれ》みの瞳を突然セオドア様から向けられ、私は驚いた。

なぜそのような視線を向けられなければならないのか。

「アズール殿……シャルロッテ嬢と二人だけで話をさせてもらえませんか？」

突然そのように提案されたが、私は二人きりで話すことなどないし、必要もない。

アズール様も眉間にしわを深く寄せた。

「セオドア殿。話ならば二人きりの必要はないだろう」

「……乙女心がわからないのですか？」

突然セオドア様が乙女心などと言い始め、一体なんだろうかと私は首を傾げる。

「乙女心？　あの、よくわかりませんが、私もお話ならばここでお聞きしますわ」

その言葉にセオドア様は驚いたような表情を浮かべるが、何を思ったのかうなずき、話題を逸らした。

「そうですか。あぁそうだ。手土産があるのです。用意させますのでちょっとお待ちください」

セオドア様の他にも数人の侍従が付いてきており、その人たちが荷物を準備していく。

先ほど気になっていたフードの人物がいないことも気になった。

私は一体何なのだろうかと、小首を傾げたのであった。

セオドア様が持ってきた物は、私へのプレゼントのようで、ドレスや宝石、装飾品など多岐にわたった。

私はお礼を言いながらも、シュルトンでは不要なものばかりだなと内心で思ってしまう。

「シャルロッテ嬢の煌びやかな装いが目に浮かぶようだ……そのような粗末な服……あ、失礼」

確かに今の私はシャツにズボンであるが、しっかりとした生地で作られており、私は好んでいるものだ。

ここではもしもの時には必要な装いであり、だからといって粗末なものではない。

「シュルトンの生地はとても丈夫で破れにくく、リベラで買おうと思っても買えないほどの値がするのですよ」

あくまでも自国で流通する分なので、他国で売るとなればかなりの値段になるだろう。

するとセオドア様はバカにするように鼻で嗤い、それからアズール様の視線を受けて、慌てて姿勢を正す。

先ほどからアズール様の視線を気にしつつも、こちらを小バカにするような見下す態度に、私はこんな人だっただろうかと、自分がいかにセオドア様という人間を見ていなかったのかを感じた。

セオドア様に頭を下げる人との関係性しか見えていなかったからなのだろう。

それから、セオドア様も着いたばかりで疲れているだろうと、一旦私とアズール様は退室し、また夕飯を共にすることになった。

明日には帰っていただきたいと内心思ってしまう自分がいる。

セオドア様と別れて、私が廊下で小さくため息をつくと、アズール様に手を握られる。

どうしたのだろうかと顔を上げると、少しだけこちらを見て心配そうに、アズール様が言った。

「……大丈夫か？」

気遣ってくれていることに、私の胸はくすぐったくなる。

私は手を握り返し笑顔でうなずいた。

「大丈夫ですよ」

そう答えるけれど、アズール様はとても心配そうにこちらを見つめていて、可愛らしいなと私は内心思ってしまう。

こんなにも逞しく凛々《りり》しい人を可愛いと思ってしまうなんて。

私は、アズール様が愛おしく感じて頬が緩む。

この想いを言葉にしてちゃんと伝えたい。そう思った時であった。

警笛の音が1回鳴り響き、久しぶりのその音にアズール様は視線を向けると私に言った。

「念のために確認してくる。すぐに戻ってくる。いいか？」

私はうなずく。

「もちろんです。お気をつけて」

「あぁ。では行ってくる」

何か異常があってからでは遅い。そのためアズール様は、必ずすぐに行動される。

これはシュルトンでは当たり前のことであり、最優先事項である。

アズール様は部下の騎士達と共に駆けて行き、私はその背中を見送る。

久しぶりの光景に、どうか無事に帰ってきてくれますようにと願ったのであった。

ただ、魔物が出た後は渓谷の調査や他に魔物が入っていないかなどの確認があるため、帰ってくるまで時間がかかるはずだ。

「セオドア様との夕食は……二人になりそうね」

気分が重くなるけれど、仕方のないことだと、私はため息をついたのであった。

7章　信じる心

私は一度部屋に戻ると、祈りを捧げに教会に向かい、それから夕食の身支度を整えていく。

そして夕食はセオドア様と共にしたのだけれど、本当にこんな人だっただろうかと内心驚いていた。

今まで、セオドア様は私とある意味一定の距離感で接していたからこそ、見えていなかった一面なのだろう。

私のことを1つ1つ褒めたり、アズール様のことをさりげなく下げたりする言いように、こんなにも卑屈な人だったのかと内心幻滅していた。

「こんな不毛の大地、はぁぁ。君が可哀想《かわいそう》でならない」

その言葉にはさすがに呆れてしまった。

「可哀想ですか？」

「あぁ」

憐みの瞳で見つめられ、私は呆《あき》れが苛立ちへと変わる。

こんな風に言われる筋合いはない。

私は背筋を伸ばすと言った。

「シュルトンは素晴らしい国です。私はここに来られて良かったと思っています」

「あー……はぁ、そうか。今は俺だけなのだから、そんな強がりなどする必要はない」

先ほどまでは口調が私だったのが、俺に変わる。

昔から私の前では、自分のことを俺と言う癖があった。

けれど今は、それをされるほど自分はセオドア様の身近な存在ではない。

「強がりではありませんわ。私、シュルトンに来てから本当に幸せなのです」

「幸せ？　ふっ。だがアズール殿もお前のように笑いも泣きもしない女、本当は嫌なのではないか？　なぁ、今なら俺の元へ帰ってきてもいいぞ」

突然の言葉に、私は驚きながら心臓がバクバクするのがわかる。

「突然何を」

「お前だって本当は俺の元へ帰ってきたいのだろう。こんな辛気《しんき》臭い場所にいたいわけがないだろう。はぁぁ。無理することはない。帰ってきたいなら来させてやる。俺の婚約者に戻れるよう手はずは整えてある」

その言葉に、私は次第に腹が立ってきた。

なぜそんなことを言われなければならないのだろうか。

私は今幸せであり、セオドア様の元に戻りたいなどと思ったことはない。

むしろセオドア様の婚約者であった頃の方が辛かった。

「……どうやらワインに酔ってしまわれたようですね。今の発言は聞かなかったことにしますわ。……では、私はこれで失礼いたします。どうぞごゆるりとお過ごしくださいませ」

そう告げて立ち上がると、セオドア様が慌てた様子で言った。

「どうしてそんなにかしこまっているのだ！　俺とそなたの仲だろう⁉」

仲とはどんな仲であろうか。

「あの、私達そのように親しくないと思うのですが」

「な⁉　シャルロッテ嬢⁉」

驚いた声を出すセオドア様に、こちらが驚きたいくらいである。

セオドア様は立ち上がると、私を止めようと私の元へやってきて腕を掴んだ。

「こちらが優しく出れば付け上がる。どういうことなのだ⁉」

現在は魔物が出没したということでほとんどの騎士は出払っており、部屋には執事とローリーだけである。私は視線で、私の間に入ってこようとしたローリーを制した。

「セオドア様、失礼ですが、はっきりとお伝えいたします。私はこの国に来られて幸せです。セオドア様の婚約者に戻るつもりはございません。私はアズール様と結婚するのです」

そう告げると、セオドア様は目を見開き、それから笑い声をあげた。

「はっはっははは！」

一体何なのだろうかと思っていると、お腹を抱えて笑ったセオドア様は言った。

「残念だな。それは無理だ」

「は？」

一体何を言っているのだろうかと思っていると、警笛が2回鳴る。

その音に私は驚き、目を丸くした。

セオドア様が笑い声をあげたのを聞いて、不安が胸をよぎっていく。

セオドア様は立ち上がると、私の腕を引いた。

「さぁ、逃げようか」

「何を」

「ここは危ないだろう？」

その時、警笛が3回響き渡り、城の中があわただしくなり始める。私の専属侍女のローリーが、私達を止めるべきか、眉間にしわを寄せて見つめている。

私はその手を振り払うと言った。

「セオドア様、リベラ王国へお戻りください。緊急用の魔法陣を発動させます」

「あぁー。わかった。そうしようか。危ないもんなー。こんな不毛の、魔物が出るような国は！」

あざ笑うかのようにそう言ったセオドア様。

私は緊急避難用の魔法陣を使ってセオドア様を帰すことにする。警笛が3つ鳴った。その事態に心臓がうるさくなるのを感じる。

魔物の警鐘は5つ。1つ鐘は魔物出現確認初動討伐、2つ鐘は魔物侵入初動援軍合流討伐、3つ鐘は援軍要請後合流討伐、4つ鐘は第二援軍合流討伐民避難、5つ鐘は全軍出動民避難命優先。

アズール様は無事だろうか。

私は執事達に指示を出し、緊急時の行動マニュアルにのっとって行動していくよう皆に伝える。

さすがはシュルトン王国。皆が的確に行動を開始しており、私はここにセオドア様を残すよりは魔法陣を使ってリベラ王国に送り返す方が安全だと判断すると、緊急用の魔法陣の場所までセオドア様を誘導する。

まだ3つ鐘。

アズール様はきっと大丈夫だと思いながら魔法陣につくと、私はセオドア様に別れを告げた。

「ここから帰れます。申し訳ありませんが、私は今後避難誘導などがあるので」

「さぁ一緒に帰ろう」

「は？」

次の瞬間、私はセオドア様の腕に抱き込まれ、魔法陣の中へと引き込まれる。

ローリーは私を助けようとするが、セオドア様の連れてきた者達がローリーに襲い掛かる。

「離して！」

「大人しくするのだ」

魔法陣が発動のために青白く光り始める。私はセオドア様を勢いよく押し、その腕から逃れると魔法陣の外へと出て逃げようとした。

そんな私の目の前に、フードを被った女性が立った。

「どきなさい！」

私はそう言うけれど、その女性はフードを取る。その手には短剣が握られており、震える声で言った。

「せ、セオドア様と共に、国へお帰りください。貴方様がセオドア様と結婚してくれなければ、大変なことになるのです」

震えるその女性を私は知っていた。

「まさか……ヴェローナさん？　ちょっと待って。どうして、貴方がここにいるの？」

セオドアが夢中になっていた平民の少女が、なぜこんなところにいるのか、私には理解が追いつかない。

セオドア様は苛立たしそうに、自身も魔法陣から出てきた。

「待てと言っているのに。なぜだ！　リベラ王国に帰れるのだから喜べよ」

威圧的なその言葉に、ヴェローナさんは震え、そして言った。

「お願いします。お願いします。助けてください。助けて……」

一体何があったのだろうか。

私は視線をセオドア様へと向けると、セオドア様は楽しそうに笑って言った。

「この女、俺を裏切ったんだ。国母にしてやると言ったのに、無理だと答えた。だから、奴隷に落として躾けてやったんだ」

その言葉に私はひゅっと息を呑む。

平民を奴隷に落としたという狂気に、私はぞっとする。

奴隷とは借金や犯罪によって落とされることがある。リベラ王国では、借金の場合はその金額を返済すれば、奴隷から平民へと戻ることができる。

犯罪者の場合は刑期が終わり次第平民へと戻れることもあれば、一生奴隷ということもある。

ただし奴隷でも、殺してもいいということではない。

リベラ王国ではそのような決まりがいくつもあるのだけれど、王族が勝手に平民を奴隷にならできるものではないのだ。

「セオドア様、それはやってはいけないことです。これは、王家の沽券《こけん》にも関わることです」

「黙れ！　俺へ偽りの愛を語ったのだから不敬罪だ！　奴隷となって俺に一生尽くすのが通りだろう。さぁ、シャルロッテ嬢。帰るぞ」

私は首を横に振ると、ヴェローナさんに言った。

「逃げなさい。ここはリベラ王国ではないわ」

その言葉に、ヴェローナさんの瞳は揺れ、そしてカランと手に持っていた短剣を落とすと、セオドア様を見た。

「あ、あ、あ」

私ははっきりと告げた。

「私の知り合いだと告げて、他の人々と避難なさい」

セオドア様は笑い声をあげた。

「逃げても魔物に食い殺されるだけだぞ！　それよりは俺の奴隷として何不自由なく暮らせた方がいいだろう！」

その言葉に、ヴェローナさんは震えながら首を横に振った。

「いいえ……いいえ。一生貴方様の奴隷でいるくらいなら……魔物に食い殺された方がましです！」

はっきりとヴェローナさんはそう言うと、セオドア様が激高した様子で手を振り上げた。

「このっ！　恩知らずが！」

「きゃっ」

セオドア様の振り上げた手を、ローリーが押さえつける。

「シャルロッテ様！　お逃げください！」

「くそっ！　離せ！」

私はうなずくと走り出した。

ヴェローナさんがその時、声をあげた。

「申し訳ございませんでした！　本当に、本当に申し訳ございませんでした。もしもこの命あった時には、必ずもう一度謝罪に参ります！」

私はうなずくと、ヴェローナさんとは別の方向へと走り出した。

後ろからローリーの声がして、他の騎士達の声も聞こえた。

心配だけれど、私は一生懸命に前だけを真っすぐに見て走る。

「待て！」

セオドア様の声が聞こえたが、待つわけがない。

セオドア様の侍従達がローリー達と戦っているような声が聞こえてくる。

私は必死に走った。

4つ鐘。

警笛の音が聞こえ、私の心臓は痛いほど鳴り始める。

皆が避難のために行動を始めているというのに、私は何をしているのだ。

城の外へと出ると、魔物の森が見える方角へと視線を向けた。

「何……あれは」

煙が上がっているのが見えた。

「なんで……」

ただし、煙が上がっているのは、魔物の森の手前にある渓谷とは少しずれており、私は困惑する。

何かが起こっているのだ。

その時、後ろから腕を掴まれ、振り返ると、そこにはセオドア様が歪な笑みを浮かべて立っていた。

「さぁ逃げるぞ。リベラ王国へ帰ろう」

ぞっとしながらも、ローリー達は大丈夫だろうかと考える。

必死に頭の中で様々なことを考えながら、できるだけ顔にはそれを出さないように言った。

「……帰りません。私は、私はアズール様の妻となるのです」

「はっ！　バカが。無理だろう。あの男は死んだ」

その突然の言葉に、私は顔を強張らせた。

「何を」

「あの煙が見えるか？　ふふふ。この国の人間は魔物だと思うだろう？」

「え？」

セオドア様が楽しそうに笑い声をあげた。

「あははは！　あれは俺が起こした。あそこだけではないぞ。これはな、魔物の襲撃ではない」

「なん、ですって？」

「俺の元へと帰って来れるように、この国の王を殺せばいいだろう？」

ぞっとする言葉に、私は震えそうになるのをぐっと堪える。

一体何を言っているのであろうか。

意味がわからない。

セオドア様は楽しそうに言った。

「先ほど隠密部隊から、アズールを討ったとの連絡を受けた。残念だったな。あの男は死んだのだ」

そんなわけがない。

アズール様が死んだなんて、そんなわけがない。

「バカなことを」

「バカではないさ。事実だ。あの男は死んだと連絡を受けた。さぁ、これで心残りはないだろう？　……シャルロッテ嬢？」

胸の中が、静かに黒く染まっていくのを私は感じた。

◇◆◇◆◇

時は少し前に遡る。アズールは騎士達の部隊を編成すると、すぐに愛馬テールに跨がり、外へと直結する騎士専用の通路を走り抜けていく。

その道は、命懸けで魔物を討ちに行く騎士達の道。

鐘が鳴った瞬間、そこを通ることができるのは騎士達だけとなる。

沿道には街の人々が立ち並びこぶしを突き上げて騎士達を声援する。

「アズール様！　王国の守護神！」

「我が王国の英雄達！」

「頼みますぞ！」

歓声にアズールはこぶしを突き上げて答える。

その瞬間に歓声がさらに上がる。

馬が王城の門を抜け、大地を駆け抜けていく。

矢よりも早く駆けろと馬を急《せ》かし、渓谷の方へ向かって走り抜ける。

いつもならばそのまま渓谷まで走り抜ける。

だが、胸騒ぎがよぎる。

渓谷まであと少し、という位置まで駆け抜けてきた時、アズールは何かを感じ取ると、剣を引き抜いた。

「構えろ！」

その声に、騎士達は迷うことなくアズールの声に従う。

次の瞬間、弓矢が襲い掛かってくる。

アズール達は剣で弓矢を落としながら、敵の数を把握していく。

シュルトン王国の馬達は、魔物と戦いに行く際には強固な鎧を身にまとう。それはシュルトンで取れる鉱石を利用しているものであり、軽くそして強い。

弓矢が体に刺さることはなく、馬達は嘶《いなな》く。

「テール。さぁ、お前の力を見せる時だ」

それに応えるように、アズールの愛馬テールは嗚き、そしてアズールは声をあげる。

「我らに弓を向けたことを後悔させるぞ！」

「「「「「「「おおおおおお」」」」」」」

魔物と戦うと意気込んでここにいる騎士達を止めようと思うならば、命懸けだということを、弓を射た者達はわかっていないだろう。

シュルトン王国は、決して平和な土地ではない。

だからこそ、一日一日を皆が大切に生きている。

そして、大切に生きてきた人々にとって街の人々は家族であり、シュルトンは守るべき大切な家なのだ。

守るべきものがある時、人は強くなる。

自分達が負けた時、自分達の後ろにあるものが蹂躙される。

だからこそシュルトンの騎士は、他の騎士とは明らかに違う。

岩陰に隠れてこちらを射てきた者達へと、騎士達とその愛馬は迷うことなく突撃すると、その場は一瞬にして戦場と化した。

隠れていた者達を引きずり出し、騎士達は討っていく。

「部隊分離！　第一分離隊は渓谷へ急ぐぞ！」

「「「「了解！」」」」

自分達を狙った者達がこれだけならばいい。だが、渓谷で魔物を防いでいる部隊の背後から敵襲があったならば、魔物の侵入を許す事態になりかねない。

人間よりも討つことを優先するべきなのは魔物だ。

もしもを常に考え、シュルトンの騎士達は訓練を積んでいる。

不測の事態をできるだけ予測し、最善の道を選ぶ。

その時、襲ってきた人物の持っていた魔法具らしきものが爆発する。

それは煙をあげて空へと昇っていく。

それを見た瞬間、アズールはさらに馬の勢いを加速させていく。

「くそっ。間に合うか！」

爆発する可能性のあるものが渓谷の近くにあるのかと思うだけでぞっとする。

渓谷へとアズール達が到着した、その時であった。

――――――ドォォォォォォン
けたたましい爆発音が鳴り響き、アズールは舌打ちをすると馬を駆け、爆発した場所へと到達する。

そこには、前方で魔物と交戦し、後方では謎の集団と交戦する騎士達の姿があった。

そこで最悪の事態が巻き起こる。

先ほどの爆発により、渓谷の上部が破壊され、落石が起こったのと同時に、翼をもった魔物達が空へと飛び上がったのである。

「くそっ！　分離隊は後方の人間を討て！　私は前へ行く！」

「「「「了解！」」」」

騎士達は迷うことなく戦いへ挑む。

アズールはその中を走り、そして一気に空へ飛び立とうとする魔物達を薙ぎ倒していく。

しかし、アズールを倒すことが困難と見た魔物達は、空を飛べる者達が一気に魔物の森から飛び立ち始めた。

「くそがぁぁあ」

アズールは魔物達を討った瞬間、鐘が打ち鳴らされる。

魔物が飛び上がってシュルトンに向かっていく。

空を飛べない魔物達は、騎士達の数に進むのは難しいと考えたのか、こちらへと進んでくるのをやめた。

その時であった。

「うわぁぁぁぁぁ」

アズールの背後から一人の敵が剣を振り上げた。

◇◆◇◆◇

怖い。

怖い。

「つまり……セオドア様は、私を取り戻すために……事件を起こし、アズール様を……殺したと？」

「そういうことだ」

嘘だ。

次の瞬間、私の周辺の空気に電気がちらつき始め、光を放つ。

セオドア様は私の腕を掴むと声を荒げた。

「なんだこれは⁉　シャルロッテ嬢！　行くぞ！」

私は腕を振り払おうとするけれど、離れず、セオドア様を睨みつけた瞬間であった。

雷がセオドア様の真横に落ちる。

「わぁぁぁっ！　なななんだ！」

慌てたセオドア様は驚き、私から一歩離れた。

私は声をあげた。

「アズール様は死んでなどいません！　絶対に！」

「っふふふふ。そんなわけがないだろう」

次の瞬間、魔物の森の方角から爆音が響き渡り、炎が上がるのが見えた。

それと同時に、おぞましい魔物の声が響き渡る。

「ほら、魔物が来るぞ？」

「……なぜ」

「シュルトンは終わりだ。魔物に呑み込まれるのだ」

背筋を汗が落ちていく。

セオドア様の表情は狂気に満ちており、笑顔を浮かべている。

「俺はいずれ国王となるべき存在だ。その俺のための、小さな犠牲さ」

「あれは、どういうことなのですか！」

「何、渓谷に仕掛けをしただけだ。ふふふ。魔物も何もいなかったから容易《たやす》いことであったが、上手くいったようだな」

城からも立ち上る炎と煙が見え、耳をつんざくような魔物の声が響いて聞こえ始める。

「……貴方が……これを？」

「そうだ。さぁ帰ろう。ここもじき、危なくなる」

「私はアズール様が戻ってくるのを待ちます」

「いい加減にしろ！　あの男は死んだと連絡があった！　胸を貫かれて息絶えたとな！」

「嘘です！」

「嘘ではない。ふふふふ。あの男が死んで本当は安心しているのではないか？　ふふふ。俺の元へと心置きなく戻って来られるのだからな！」

セオドア様はそう言うけれど、私はその言葉を絶対に信じない。

アズール様は帰ってくると言った。だから、私は信じて待つのだ。

ただ、そうは思っても、私の心は不安で揺れてしまう。

「嘘です。嘘です！　アズール様は、アズール様は戻ってきます」

を彷徨わせる。

「嘘です！」

空気がピリピリとし始め、私は自分の感情が制御できなくなっていく。

火花がいたるところで散り始め、セオドア様は異変に気がついたのか、辺りを見回して視線を彷徨わせる。

「なんだ？　一体……本当に気持ち悪い不気味な国だ」

「違いますわ……この国は、美しい」

心の中が不安で満たされる。アズール様が心配で堪らない。

絶対に死んでなどいない。

信じてはいる。だけれど、だからといって不安でないわけではないのだ。

アズール様は勇猛果敢で、騎士達を導き魔物を薙ぎ払うこの国の守護神だ。

そんな彼が、セオドア様の策略などで死ぬわけがない。

そう信じているのに、不安で、不安で仕方がなくなる。

感情が、制御できない。

「ほら！　行くぞ！」

腕を引っ張られそうになった時、こちらに向かって魔物が大きな翼をはためかせながらやってくるのが見えた。

おぞましい黒い瞳がこちらを見つめているのがわかり、セオドア様は悲鳴をあげた。

「うわぁぁっ！　もう来たのか！　なんでだよ！　町にたくさん人間はいるだろう！　そっちを襲えよ！」

その言葉に、私はどうにか不安を押し殺して考える。

確かにそうなのである。

魔物達が、街の人々の元へは下りずに、こちらへと向かってくる。

まるで街には降りられない理由があるかのように。

そしてだからこそ、私に狙いを定めているかのように。

怖い。

けれど、街の人々は現在避難しているところなので、街には絶対に降りてほしくない。

「くそ！　ほら、早く来い！　逃げるぞ！」

「いや！　離して！」

腕を引っ張られそうになり、私が声をあげた瞬間、セオドア様の周辺に雷が次々に落ち始め、セオドア様はまるで踊っているかのように悲鳴をあげながら後ろへと下がる。

「なななななんだ!?」

空を見上げると、黒い雲が空へとかかり、空気が乾燥し始める。

雨はいつの間にか止んでおり、魔物が歓声なのか声をあげているのがわかる。

私はゆっくりと深呼吸をする。

このままでは、この国が本当に魔物に呑み込まれてしまう。

この国は、周辺国にとっては砦《とりで》のようなもの。

ここが崩れれば、他国も危い。

私は、ゆっくりと息を吸い込む。

乾燥した空気が胸を満たしていく。

「アズール様は、絶対に生きています。だから、私がすべきことは決まっています。この国を守るのは、アズール様の妻となる私の務め」

本当は怖い。

本当はアズール様が心配で涙が溢れそうだ。

けれど、私はシュルトン王国の王の婚約者であり、この国を守る力を持っている。

「早くこっちに来い！」

セオドア様に私ははっきりと告げた。

「お一人でお帰りください。私はここに残ります。貴方の元へ行くことは未来永劫ありません」

「お、お前は俺のことが好きなのだろう！　妻にしてやると言っている！」

この状況でこのような話をしていることに、私は苛立ちを感じる。

先ほどから何度説明すればわかってもらえるのであろうか。

この人はこんなにも頭の悪い人だったのだろうか。

「貴方のことは好きではありません。愛してもおりません。愛していた過去の自分には疑問しかありません」

「なななななな」

「自分の感情を抑えすぎていて、貴方が自由に笑ったり怒ったりするのに、憧れていたのかもしれませんね」

客観的にそう思いながら呟く。

本当はこの会話している時間すらもったいない。

「ふふふふふふざけるな！　お前は俺の言うことを聞き、俺の妻になればいい！　そうすれば丸く収まるのだ」

「収まるわけがありませんわ。この国は今、危機に瀕《ひん》しております。それはリベラ王国も周辺諸国も同じこと」

「何を」

「あれを見ても、リベラ王国は無事だと思えますか？」

黒くうごめく魔物が空を飛んでくる。

それも群れだ。

1体や2体ではない。

渓谷が崩れたのをきっかけに、魔物が入れる道を作ってしまったのかもしれない。

もともと魔物が入ってくる場所は一か所だけであった。そして、魔物が空から飛んでくるというのは本当に珍しい。

どういう理由なのかはまだわかっていないが、これまで、魔物が渓谷を飛び越えてくることはなかった。

だからこそ、これまでは魔物の侵入を防げたのである。

何が起こっているのかはわからないけれど、私はやるべきことをやるしかない。

「魔物が!?　くそっ！　くそくそくそ！　お前も死ぬぞ！　くそ！　言うことを聞けばいいものを！　バカな女が！」

「貴方様こそ、もう少し現状を冷静に見ては？　早く逃げた方が得策ですよ」

私の言葉に、セオドア様は苛立たしそうに声を張り上げる。

「お前が帰って来なければ、俺は国王にはなれないのだ！」

やはり何か裏事情があったのだな、と思いながら、私は声をあげる。

「王の座と命、どちらを取りますか？」

私と共に戻ったところで、王座を手に入れられるかどうかは疑問だ。

それこそ私が国王陛下に懇願しない限りは無理だろう。

私の声を聞いたセオドア様は、その言葉ににやりと笑う。

「ではお前はどうする？　シュルトンがもし魔物を溢れさせたとなれば、この国はどうなる？

周辺諸国はシュルトンを戦場にして、一斉に攻撃を仕掛けるだろう」

セオドア様の言葉に、私は唇をぐっと噛む。

それは、嘘ではないだろう。

シュルトン王国は周辺諸国にとって砦のような役割。その役割を担う代わりにシュルトンは優遇されている部分が多くある。

だがしかし、魔物が溢れたら？

魔物が広がる前に、おそらくシュルトンは戦場となる。

本当に魔物をそこで食い止めることができるのであろうか。

「俺が父上にかけあってやる。シュルトンを守るようにな！」

セオドア様はそう言うと、にやりと笑う。

あぁ、おそらくもともとそうするつもりだったのだろうと私は察した。

セオドア様の浅はかな考えが、私にはよくわかる。

アズール様が魔物に殺されたことにし、シュルトンを守るという名目で私を妻に迎え、そして王位を継ぐ算段をつける。

だがしかし、それで魔物を止められるのだろうか。

一度崩れた平和を取り戻すのは、容易なことではない。

魔物が溢れればシュルトンは戦場となり、周辺諸国を巻き込んだ戦争へと進んでいくであろう。

なんと安易な考えでここにいるのか。

この人は勉強はできても、バカなのだと私はそう悟った。

「セオドア様」

「さぁ、おいで。シャルロッテ嬢」

魔物の叫び声が響き渡り、こちらまで耳をつんざく声が聞こえてくる。

「ひっ！　ほ、ほら行くぞ！」

私の腕を取ろうとしたセオドア様の手を、私は振り払った。

「魔物と戦ったことのない人間が、すぐに魔物に対応して戦えると思いますか？」

「は？」

「シュルトンの騎士は、恐ろしいほどに強いです。それは本当に信じられないほどに。おそらく普通の騎士では魔物に太刀打ちできないでしょう」

「何を」

「つまり、リベラ王国も魔物に呑み込まれる、という運命もあるということです」

セオドア様が青ざめる。

「な、なにをバカなことを言っているんだ」

そんなわけがないと首を振るセオドア様に、私は事実を告げる。

「魔物がどれほどの力を持っていると知っていますか？　空に飛び立った魔物を倒せますか？　今までは空から魔物が出てくることはなかったのです。ですが今、魔物は空からやってきている。そんな敵を倒せますか？」

おそらくセオドア様は今になって、やっと自分のしようとしていることの恐ろしさに気がついたのだろう。

小刻みに震えているセオドア様に、私は言った。

「ここで防げなければ、今後どうなるかわかりません」

「ふっ、う、嘘だ。脅しているだけだろう！」

私は首を横に振る。

その時、魔物がぎゃぁぎゃぁと声をあげているのが聞こえてきて、セオドア様は悲鳴をあげた。

「う、うわあぁぁぁ。俺は悪くないぞ！　お前が帰ってこないのが悪いんだ！　お前が、お前が全部悪いんだ！」

そう言いながらセオドア様は、逃げるように走り始めた。

戦うことなく、逃げるセオドア様。

逃げても、大丈夫だと思っているのだ。

誰かが助けてくれると思っているのだ。

私もここに来るまで、前線でどれだけの騎士が戦ってきたのか知らなかった。

平和のために戦っている人のことを知らなかった。

けれど、今は違う。

騎士達の家族は、どうか無事に帰ってきてくれますようにと祈る。

私は空を見上げ続け、そして呼吸を整える。

私も平和を守るために挑みたい。

たとえ魔物が迫ってきているのが見えても、逃げることはしない。

アズール様の守るこの国を、私も守りたい。

このままでは、魔物によって大きな被害が出るであろう。街を見ると、人々が避難を始めているのが見えた。

シュルトンの人々は、常に緊急事態が起こることを想定して生きている。だからこそ焦ることなく行動している。

街の人々を、守らなければならない。

大丈夫。

私は大きく深呼吸をもう一度してから、両手を天に伸ばした。

大丈夫。

私は静かに空を見上げ、祈りを捧げる。

「どうか、お願いします。この国をお守りください」

この国の人を守りたい。

アズール様は絶対に大丈夫。

だから、それを信じて、私は祈りを捧げる。

「魔物を、森へと返すために……どうか、力を貸してください。このシュルトンに雨を降らせてください。どうか、どうかお願いです」

今まで、これほど強く願いを捧げたことがあっただろうか。

自分の感情に反応するように揺れる天気。ずっと自分の中ではどうして自分だけがこんな力を持っているのだろうかと悩んできた。

私にとってこの能力は、母と繋ぐものであったけれど、呪いのようなものでもあった。

自分の感情を出すことができない。それは本当に苦しいことだった。

だけれど、今は違う。

この能力を持っていて良かった。

空へと祈りを捧げ、そして応えてくれるならば、いくらでも祈りを捧げようと思った。

シュルトンを守りたい。

私にとっても、シュルトン王国は家族であり、家のような存在になっていた。

そして、アズール様は心から愛おしく思う存在。

だから、心から願うことができる。

私はシュルトンでのこれまでのことを思い返す。

この王国の人々は、本当に豪快で優しい人ばかりだった。

日常がこれほどまで笑顔に包まれるなんて、以前の私は思ってもみなかった。

笑いたい時に笑えることが、私にとっては奇跡だった。
そんな日常が自分に訪れるなんて思ってもみなかった。
泣いてはいけない。
笑ってはいけない。
天候を変えてはいけない。
ずっと、ずっと、ずっと。
そう思って生きてきた。
もう限界だった。だから、不毛の大地ならばと思い私はここへ来た。
私の勝手な我がままだ。
だけれど、私の心はアズール様や街の人々によって変わっていった。
シュルトン王国を守りたい。
私はきっと、この王国を守るためにここに帰って来たのだと。
心の中にあった不安が、少しずつ空気に溶けていくのがわかる。
私はもう逃げない。
この能力を苦しく思うことはない。
大丈夫。だって、いつだって私の心は天と繋がっているのだから。

「お願い、答えて」

風が吹き抜けた。

ポタっ。

頬に雨が落ちた。

大粒の雨が、大地に降り注ぎ始め、避難を開始していた街の人々が次々に空を見上げる。

空を覆うように重なり合っていた黒い雲が、十字に分かれるようにして青空を見せた。

十字に分かれた雲間から、青い空が見え、そこから光が大地へと降り注ぐ。

雨は光に反射してキラキラと光る。

「あ……見て、女神様だ」

そんな声が遠くから聞こえた。

私は祈りに集中し、声をあげる。

「どうか、雨を、魔物を退ける雨を降らせてください！　どうか、皆を、お助けください！」

次の瞬間、十字に分かれた空に光の虹の輪が浮かぶと、それが空へと広がる。

私は天へと手を伸ばす。

雲が消え、空が青く晴れ渡る。けれど雨は優しく降り注ぐ。

魔物にとって雨は不快なものであり、そして身を危険にさらす効力のあるもの。だからこそ、

魔物達が悲鳴をあげ、空で反転して森へと帰ろうとするのが見えた。

ただ1匹を除いて。

それは私を見つめており、まるで狙いを定めているかのようであった。

真っすぐに、こちらへと巨大な爪を振り上げる姿が見える。

自分はもしかしたらここで死ぬかもしれない。

その考えが脳裏をよぎった。

黒い魔物の仄暗《ほのぐら》い瞳が私をとらえており、雨の中でつんざくような声をあげながら、こちらへと大きな翼をはためかせてやってくるのが見える。

この魔物は退かない。

私を殺すことを目的としているのだろうということがわかった。

「アズール様……」

どうか、無事でいてほしい。

怪我をすることなく、帰ってきてほしい。

「ぎゃぎゃぎゃぎゃぎゃぎゃ！」

魔物の声はまるで、笑い声のようであった。

あの巨大な爪で引き裂かれたならば、ひとたまりもないだろう。

私は衝撃に備えて、身を固くした。
怖い。
一人で死にたくない。
アズール様に、もう一度抱きしめてほしい。
名前を呼んでほしい。
共に、人生を歩みたい。
私は、負けるものかと、瞼を開けた。
最後まで諦めたらだめだ。
私は最後までアズール様のことを信じると決めたのだから。
魔物が眼前まで迫った。
怖いけれど、アズール様は必ず戻ってきてくれる。
私はアズール様が帰ってくることを信じている。
そう思った時であった。
「ぎゃぁぁぁぁぁっ」
鋼の音、それから魔物の叫び声が響いて聞こえ、私は目を見開いた。
「待たせた」

低く、それでいて安心する声に、私はぐっと唇を噛む。

魔物は片翅を切られてもなお、巨大な爪を振り上げた。

しかし、アズール様は臆することなく次の太刀で、薙ぎ倒す。魔物が悲鳴をあげて絶命するのを見届けて、アズール様は振り返った。

息が荒い。

いつもはどのような戦い方をしても息を乱すことなどない人が。

ここに来るまでに、何があったのだろうか。

私の瞳には涙が浮かぶ。

生きて帰ってきてくれた。

「……待っておりました」

声を絞り出した私は、私の前に立つその人を見て、視界がぼやける。

信じていたけれど、それでも、目の前にいるのといないのでは安心感が違う。

アズール様はにっと歯を見せて笑うと、私のことを抱き上げた。

「泣くな。来ただろう？」

「……はい」

優しく背中をさすられ、私はアズール様の肩口に頭をこつんと乗せるけれど、甲冑が固いので少し痛い。

アズール様をもっとぎゅっとしたいけれど、甲冑が邪魔でできない。

そんなことを考えている自分に、私はハッとすると、恥ずかしくなって一瞬身もだえるけれど、今はそれどころではない。

「アズール様！　お怪我はありませんか？　セオドア様が……アズール様は死んだと、縁起《えんぎ》でもないことを言って……すごく心配しました」

そう伝えると、アズール様は胸ポケットから魔法具を取り出して見せた。それは通信用のものであり、リベラ王国のマークが付けられている物であった。

「1つ鐘が鳴った時点で、異変は感じていた。それから部隊を編成して向かうと、リベラ王国の騎士らしき者達の姿を確認した。彼らを止めようとしたが、渓谷から魔物の侵入を許してしまったのだ。リベラ王国の者達は全員捕縛してある。そしてこれを使い、俺は死んだと嘘の情報を流したのだ」

アズール様の説明に、私はうなずくと、ほっと息をついた。

「本当に良かったです……心配しました」

私の言葉にアズール様はどこか嬉しそうに微笑む。

「ありがとう。こんなことを言ってはいけないのだろうが、心配してもらえるのが嬉しい」

「まぁ」

私はくすくすと笑っていると、空がキラキラと輝き始める。

魔物達が悲鳴をあげる声が響いて聞こえ、視線を向けると、魔物が森の方へと帰っていくのが見えた。

「とにかく間に合ってよかった。渓谷の方では騎士達が魔物を森へと押し返している。あちらは問題なさそうだ。ただ空を飛ぶ魔物は落とせなくてな。一直線にこちらに向かっているのがわかったから、肝が冷えた。魔物が地面に降りなかったので良かった」

「どうして降りなかったのでしょうか？」

私が首を傾げると、アズール様はおかしそうに言った。

「トルトの苗木を配っただろう？」

「え？」

「今まさにトルトは花をつけて咲いている。なぜかあの花は、君の香水と同じ香りがしたのだ。なんとも奇妙なことだ」

確証があるわけではなさそうだけれど、それが降りなかった理由なのではないかとアズール様は考えているようであった。

私が驚いていると、アズール様は肩をすくめて言った。

「おそらくだが、それが理由で、香りが結界のような役目を果たしたのか、降りていかなかったものと思われる。そして、魔物は君のことに気づいたのだろう。一直線に君を目指していた」

その言葉に、私は確かにそうかもしれないと思う。

魔物達は、明らかに私に狙いを定めていたように思う。

一体どうしてだろうか。目には見えないけれど、私だと気づく何かがあるのかもしれないなと思った。

魔物達が森の方へと帰っていく。今ではその影も小さくなり、遠い。

私はそれを見つめて、ほっと胸を撫で下した。

「良かった……」

「あぁ。それで、何があったのだ？　セオドア殿が俺を殺して君を連れ戻そうとしたというところか？」

端的に読まれており、私は、笑い話にはできないほど大事なことのに、つい笑ってしまった。

言葉にすると、どこか現実離れして聞こえる。

「はい合っています。ふふふ」

「笑いごとではないがな。まぁ、とにかく君が無事で良かった」

「あ！　皆は無事でしょうか⁉　セオドア様の騎士達がいて」

私がそう言った時、後ろからローリーの声が聞こえて振り返ると、そこには縄で縛られたリベラの騎士達と、そしてセオドア様の姿があった。

ローリーは私の方に向かって涙目で駆けてくると言った。

「シャルロッテ様！　大丈夫ですか⁉　本当に申し訳ありません」

私は首を横に振ると、ローリーが怪我をしていないことにほっと胸を撫で下ろした。

「無事で良かったわ。それで、騎士とセオドア様を捕縛することに成功したのね？」

「はい！」

ローリーはその後、アズール様にセオドア様達のことについて報告する。

皆大きな怪我はさせずにどうにか捕まえることができ、その捕まえたタイミングでセオドア様が魔法陣で逃げようとやって来たので捕まえたとのことであった。

セオドア様はアズール様が生きているのを見て、驚いたように声をあげた。

「なななな！　なんで生きているんだ！　化け物か！」

突然のその発言に、私は額に手を当てた。こんな人を好きだったことに頭が痛くなる。

どこが、好きだったのだろうか。

わかってはいるのだけれど、大きくため息をつきたくなってしまう。

「アズール様、どうなさいますか？」

私がそう尋ねると、アズール様は笑顔で言った。

「まぁ、いい交渉材料が手に入った。俺はもうシャルロッテ嬢を手放す気はないが、セオドア殿のような者がまた出てきても敵《かな》わないからな」

とてもいい笑顔でアズール様はそう言うと、セオドア様の前へと移動する。

そして縛られていたセオドア様の縄を解くと笑顔で言った。

「セオドア殿。今回の一件は独断での行動か？」

目の前にアズール様が立ったことで、セオドア様は一歩後ろへ下がると、へらへらとした笑みを浮かべて言った。

「あ、えっと、な、なんのことだか、私には」

「ふむ。ここで突然しらを切ろうとしても無理があるだろう。全て証拠は揃っている。セオドア殿が用意周到に集めた騎士達も、ここにいる騎士達も、また目撃者も、そしてこのリベラ王国のマークの入った通信機も、全てあるが……それでもしらを切れるとでも？」

アズール様のその言葉に、セオドア様は視線を彷徨わせ、それから乾いた笑い声をあげた。

「はは、は……だって、しょうがないだろう？　シャルロッテ嬢が俺の元へ帰って来れるようにするためには、理由が必要だろう」

その言葉に、私は驚いてしまう。アズール様を目の前にしてもそのようなことが言えるのか。

「理由か……残念ながら俺はシャルロッテ嬢を手放すつもりはない」

セオドア様はアズール様の言葉に声をあげた。

「横暴ではないか！　シャルロッテ嬢の気持ちはどうでもいいのか？　シャルロッテ嬢は俺のことが好きなのだ。男ならば女性の幸せを願って身を引くべきなのでは⁉」

その言葉に、アズール様は目を細めると、笑みをすっと消し、低い声で、威圧するように言った。

「セオドア殿、俺は自分以上にシャルロッテ嬢を幸せにできる男はいないと思っている。それなのになぜ、譲らねばならん？」

「あ、相手の気持ちを鑑みて」

「ふっ。その気持ちとやらだが、俺に振り向かせればいいだけのことだろう」

「なっ⁉」

ちらりとアズール様の視線が私へと向く。

「俺は自分のことを、愛してもらえるよう努力するつもりだ」

真っすぐに見つめられ、私の心臓はうるさくなり、恥ずかしさから顔が熱くなる。

「だ、だだだだ黙れ！　俺が、俺のことがシャルロッテ嬢は好きなのだ！　お前など、お前など！」

セオドア様は何を思ったのかこぶしを振り上げた。

そして、アズール様の顔に当たるが、アズール様はそれをよけることなく正面から受けると、にやりと笑った。

殴《なぐ》られたアズール様は無傷の様子だ。それでも私は心配になり声をかけようとした時、セオドア様がアズール様を殴ったはずの手を抱えて悲鳴をあげた。

「てててててていってぇぇぇ」

その様子にアズール様は言った。

「人を殴り慣れていないようだな。そのようなこぶしでは自身が怪我をするだけだろう。だが先に手を出してくれて助かった。どうしても、今回の一件は腹に据えかねていたのでな。歯を食いしばれ」

「え？」

次の瞬間、アズール様のがセオドア様の顔に入り、めきっという、今まで聞いたことのないような音が響き渡る。

そしてセオドア様が宙を舞った。

ドサッという音を立ててセオドア様は地面に落ちた。

私が呆然としていると、アズール様はすっきりした顔である。

「お互いに1発ずつ。よし。では場所を移動しよう。リベラ王国にも連絡を取らなければならんな。行こうかシャルロッテ嬢」

「は、はい」

べしゃりと倒れるセオドア様を横目で見ると、他の騎士達に起こされて縄で縛られている。

おそらく意識が飛んでいるのであろう。

私は大丈夫だろうかと思ったけれど、その後すぐに動いていたので、ほっとしたのであった。

セオドア様は一度牢へと入れられることになり、私はアズール様が来てくれたことや、無事に魔物を退けることに成功したからなのか力が抜けてしまい倒れそうになった。

アズール様はすぐに私のことを抱きとめると、そのまま私を抱き上げた。

「大丈夫か？」

私はうなずくと、アズール様に言った。

「力が抜けてしまいました。すみません」

そう告げるとアズール様は苦笑を浮かべ、それから私を抱き上げたまま歩いていく。

どこへ行くのだろうかと思っていると、大きな歓声が聞こえてきて私は驚いた。

アズール様に抱き上げられたまま、広間が見渡せる位置へと移動した私が見たのは、集まるシュルトンの人々の姿であった。

私達が姿を見せた途端、大きな声が響いて聞こえた。

「国王陛下万歳！　シュルトンの女神に感謝を！」

「魔物を退けた英雄に感謝を！」

「アズール国王陛下万歳！　シャルロッテ王妃万歳！」

まだ結婚していないというのにそんな声まで聞こえてくる。

驚いてそれを見つめていると、アズール様は言った。

「シャルロッテ嬢。本当にありがとう。君のおかげで、この国を守ることができた」

その言葉に、私は首を横に振った。

「いいえ……いいえ」

私は唇を噛むと、アズール様に告げる。

「私は、自分の感情を我慢するのが嫌だという自分勝手な理由でシュルトンへ来たのです。それに今回の一件も、元はと言えば私のせいで……ですから感謝されるなんて……そんなの」

自分勝手な理由である。しかもセオドア様の今回の一件も、私を連れ戻すためである。だからこそ感謝などと思ったのだけれど、アズール様は私を見て微笑むと、はっきりと言った。

「君のおかげで魔物を退けられたのは事実。それができたからこそ、シュルトン王国は今を生き延び、そして不毛の大地を脱しようとしているのだ」

それは結果論であってと私が言おうとすると、アズール様は肩をすくめて言った。

「いいではないか。君のおかげでこの国は救われた。それが真実だ。もしそれでも君がひけめに思うのであれば、これからシュルトンのために、一緒に頑張ってくれたら俺は嬉しい」

「アズール様……」

「さぁ、だが今は、まずこの歓声に応えよう！」

アズール様はそういうと、片腕を天へと突き上げて言った。

「神に感謝を！　シュルトンに女神を遣わしてくださった天に感謝を！」

アズール様の言葉に呼応するように、シュルトンの民が同じようにこぶしを天へと突き上げて声をあげる。

私はその様子を見つめながら、唇を噛んだ。

生まれながらにして持っていた自分のこの能力は、自分の感情を表すことの枷となり、自分をこれまで苦しめてきた。

けれど、今はその能力がシュルトンの力になることができた。

私は、自分にこの能力があって良かったと思った。

「アズール様、ありがとうございます」

「俺ではないさ。君が自分で掴み取った、民の信頼だ」

見渡すと、皆が喜ぶ姿が見えた。

私はその姿を見て、シュルトンに来ることができて良かったと心から思えたのであった。

8章　新芽は風に揺れる

その後、セオドア様はすぐにリベラ王国側に引き取られることになった。

引き取られる時、私は今回の一件を説明するために、一度リベラへ向かうこととなった。

アズール様は一緒に来てくださると言ったけれど、魔物の侵入があってすぐにシュルトンを離れるのは国民が不安になると私は話して、一人で向かうことにした。

ただ、交渉のために、アズール様の弟のダリル様がついてくることとなった。

「気を付けて」

魔法陣のある部屋までついてきてくれたアズール様に見送られ、私は笑顔でうなずく。

「行ってまいります」

牢から出され、騎士に縄で縛られながら歩くセオドア様は、魔法陣に入った直後から懇願するように話し始めた。おそらくそれまでの間はアズール様が睨んでいたので口をつぐんでいたのだろう。

「シャルロッテ嬢！　なぁ！　頼む。俺を助けてくれ！　このままでは俺は別の国へ嫁がされる！」

私はその言葉を無視しながら、それも、もう難しいのではないかと考える。

「あぁっ。頼む。俺は、君が恋しくて、そもそもこんなことをしたのだぞ！」

魔法陣が光始め、すぐに私とセオドア様とダリル様はリベラ王国へと着いたのであった。

シュルトンとは空気から違う。

リベラ王国に帰って来たのだと私は思いながら顔を上げると、そこにはお父様と国王陛下と騎士達が並んでいた。

国王陛下は憎々し気にセオドア様を睨みつけると声をあげた。

「罪人を牢へ入れろ」

その言葉に、セオドア様が悲鳴をあげた。

「父上！　罪人ではありません！　どうか私の話を聞いてください！」

「お前の謝罪を期待した私がバカだったのだ。お前はもう私の子ではない！」

「父上！」

泣き声をあげるセオドア様に、国王陛下は静かに言った。

「離宮に……違法にも平民の女性を奴隷として閉じ込めていたという事実も把握済みだ……はあ、お前はもう二度と、日の目を見ることはないと思え」

「父上！　ご、誤解です！　お願いします！」

「連れていけ」

悲鳴をあげ、泣きながらセオドア様は騎士に連れていかれそうになった時、私に向かってセオドア様が叫んだ。

「シャルロッテ嬢！　お願いだシャルロッテ嬢！　お前は俺を愛していただろう！　愛していた男だぞ！　なぁ、愛しい男がこんな目にあってもいいのか⁉」

その声が響き渡った瞬間、お父様が顔を真っ赤にして怒りに耐えているのがわかった。

私は最後にはっきり注げようと一歩前へと進み、国王陛下に一礼をする。

「発言する許可をいただけるでしょうか」

「あぁ……許可しよう」

私がセオドア様の方を見つめると、セオドア様はどこかほっとしたような表情を浮かべていた。

「シャルロッテ嬢、あぁ、やはり俺のことを愛しているのだな」

そんな勘違いも甚《はなは》だしい言葉に、私ははっきりと告げた。

「もう一度はっきりと申し上げますが、愛しておりません。かつて愛していた過去は変えられませんが、今は、もう、全く、愛しておりません」

「は？　しゃ……シャルロッテ嬢⁉　なぜ⁉　ふざけるな！」

「セオドア様、私は貴方様を愛していない、ただそれだけのことでございます」

「シャルロッテエェ！」

セオドア様は暴れ回り始め、騎士に押さえつけられる。

そして騎士に連れられてセオドア様は牢へと連れていかれてしまったのであった。

「シャルロッテ、大丈夫だったか？」

お父様との再会に、私はうなずいた。

久しぶりに会うお父様は、少しやつれているように思えた。

国王陛下はそんな私達を見て、小さく息をつく。

「今回の一件、本当に申し訳なかった。シャルロッテ嬢には申し訳ないことをした」

国王陛下からの言葉に、私は首を横に振る。

その後、私はセオドア様の一件について細かに話しをし、その後はダリル様との話し合いの場に移ったのであった。

大まかな話はまとまり、私はお父様と久しぶりのひと時を過ごす。

国王陛下とダリル様はまだ話があるとことで、私とお父様は別室へと移って話を始めた。

「シャルロッテ……すまなかった。私がもっと徹底的に王子殿下を早々に追いやっておけば、このようなことにはならなかっただろうに」

その言葉に、私は首を横へ振った。

「いいえ、お父様。でも、私がシュルトンへ向かってから、こちらでは一体何があったのです？」

私の問いかけに、お父様は小さく息をついてから、今までのことをかいつまんで説明してくださった。

私と婚約を解消したことをきっかけに、セオドア様を支持する者達は一気に離れ、またお父様自身もセオドア様を支持しない意向を周囲へと伝えた。

裏で何かお父様も動いたようだけれど、それについては笑ってはぐらかされてしまった。

そして結果として、セオドア様が王太子となる道は絶たれ、隣国の皇配となるべく嫁ぐことが決められたのだと言う。

私はそれを聞いて、だから私を戻そうとしたのかと納得した。

「そういうことだったのですね」

「シャルロッテ、大丈夫だったかい？　怖い目にもあったのだろう」

心配そうにお父様がそう言い、私は首を横に振った。

「大丈夫ですわ。アズール様が守ってくださいました」

お父様にそう伝えると、お父様は少し寂しそうにうなずいた。

「そうか……はぁ、なんだか寂しいものだな。ふむ。私もシュルトンに身を移そうかな」

「え？」

「うんうん。娘の傍にはいたいものだ。国を出るか」

「お父様、そのようなことをおっしゃらないでくださいませ。お父様がいなくなればたくさんの人が困ることになりますわ」

私がそう言葉を返すと、お父様はしゅんとしてうなずいた。

「そうだな。そのように無責任なことはできないか」

「えぇ。私はお仕事をするお父様が大好きですわ」

「うむ、それならば頑張ろう」

「まぁ」

私は笑い、お父様も微笑みを浮かべた。

お父様と離れ離れになるのは寂しいけれど、国のことを思えば、お父様はリベラ王国に必要不可欠な人物である。

私のために、リベラ王国を危険にさらすわけにはいかない。

リベラ王国に住まう人たちにとっては、リベラ王国が家なのだから。

私たち親子は楽しいひと時を過ごし、その後、ダリル様達の話が終わるのを待ったのであった。

お父様は1泊していけばいいのにと残念そうであったが、私は、シュルトンへ帰ることを選んだ。

国が不安定な今、できるだけ私も国を空けないほうがいい。

それになにより、私が早くシュルトンへと帰りたかったのだ。

お父様は私が帰る間際、少しためらうように言った。

「シャルロッテ、幸せかい？」

お父様に尋ねられ、私は大きくうなずいた。

「はい。私、幸せです」

お父様が嬉しそうに、安心したように微笑んでいた。

その後、私とダリル様はシュルトンへ帰ると、アズール様へと報告に向かう。

リベラとの関係性はどうなるのだろうかと思っていると、アズール様は、私の母国だから悪いようにはしないと言ってくれた。

セオドア様の件についても、シュルトンへ二度と関わらないことを条件に、リベラ王国に任せるとした。ただし、賠償金と、今後十年分の交易における関税をシュルトンに有利になるように現在は交渉中なのだと言う。確定はまだしていないようだが、ここはアズール様の弟のダリル様がとても良い笑顔でほくほくとしていた。

「いやぁ、今回の一件で、周辺諸国はさらにうちの国を重視してくれましたし、リベラ王国からの賠償金もあるし、今後の国交も有利に運べそうです」

怪我をした騎士は多少いたものの、大きな被害はなかったので納得がいくが、もし人的被害があればこうはならなかっただろう。

魔物が人の住む街に降りなかったことが、今回の救いであったのだ。

書類を確認していたダリル様は、私とアズール様を見て笑顔で言った。

「いやはや、兄上は幸せ者ですねぇ。今ではシュルトンの女神と呼ばれるシャルロッテ様を妻に迎えられるのだから」

とても幸せそうな笑顔でそう言われ、私は少し恥ずかしくなる。

アズール様は同意するようにうなずく。

「あぁ。本当に。そのことについてはセオドア殿に唯一感謝しているところだ」

「本当に。あのような阿呆《あほ》が隣国を継いでいた未来もあったのかと思うと、心底恐ろしくなりますがね」

わざとらしく身震いするような動きをダリル様はした後、書類をまとめて立ち上がった。

「では、僕は後処理をしてきます！　楽しみにしてくださいね～。賠償金も、もう一度見直して、もう少し引き上げられないか頑張ってみます！」

「ほどほどにな」

「はい。では、失礼します」

ダリル様はそう言うと、ほくほく顔で部屋から出て行った。

そんな様子に、私とアズール様は苦笑を浮かべたのであった。


それからシュルトンでの生活は元の通り、穏やかなものになった。

ただ、以前よりも魔物の侵入は遥かに少なくなり、街の人々が不安に思う日も減っていったのであった。

それはとても喜ばしいことであり、私もアズール様も、これからも頑張るぞと意気込んだ。

ただ、今回の一件で、魔物が侵入する道を作る方法があることが危険視され、渓谷の監視が強化されることとなった。

いろいろと魔物が出た時の対処法や、空を飛んだ時は、どのような手立てを取るかなども、現在は研究中である。

まだまだ問題や課題はあるけれど、1つ1つを乗り越えていくほかない。

そして今日は、ある1つの夢が叶う日であった。

アズール様は舞踏会で見た私のことを、たまに引き合いに出しては、着飾ってもらいたいと呟いていた。

私はそこまで着飾らなくてもいいと思っていたのだけれど、アズール様にとっては、私から社交界の煌びやかな場を奪ってしまったのではないかという思いと、素直に私の着飾った姿を見たいという思いがあったようだった。

そこでダリル様から、私が婚約者となったことを記念して小さな舞踏会を開いてみてはどうかと提案されたのだ。

ただ、他の国から来賓《らいひん》を呼ぶには危ないので、街の人々を呼び、本当にこじんまりとした舞踏会が開かれることになった。

いつもは着飾らない街の人々も今日ばかりは気合いを入れており、皆が楽しみにしている様子であった。

私とアズール様は、今日のために作ったお揃いの衣装を身にまとっている。

久しぶりに着るドレス。

喜んでくれるだろうかと思いながら化粧を済ませ、私は可愛らしく髪も結ってもらった。

「アズール様が外でお待ちです」

ローリーが微笑みを浮かべてそう言い、私はうなずくと部屋を出た。

外で待っていたアズール様は、本当に素敵であった。

今日はアズール様も髪型をしっかりと整えており、衣装もよく似合っていた。その姿に私はドキドキしていると、アズール様と視線が重なった。

アズール様は手で口元を抑えると、驚いたような顔を浮かべたて小さく呟いた。

「毎月舞踏会をしたい」

突然の発言に一体どうしたのだろうかと思っていると、アズール様は大きくため息をついた。

「美しすぎるだろう……はぁ。どうしてそのように可愛らしいのだ」

はっきりとそう言われ、私は照れくさくなってしまう。

社交辞令だとしても嬉しいとそう思っていると、アズール様は私の手を取り、その甲にキスを落とした。

「今日はよろしく頼む。はぁぁぁ。皆に見せるのがもったいないないな」

「え？」

私が小首を傾げると、アズール様は心配そうに小さく息をついた。

「やはり可愛すぎる。攫《さら》われないように、絶対に一人にはならないこと。いいな」

そう言われ、そんなことあるわけないのにと、私は苦笑を浮かべたのであった。

けれど、アズール様としては本気だったらしく、熱弁を始めたので、私は話題を反らすためにアズール様の腕を取って言った。

「アズール様？　エスコートしてくださらないのですか？」

そう言うと、アズール様は天を仰ぎ、片手で目元を覆うとゆっくりと息を吐いた。

「アズール様？」

「ちょっと待ってくれ。俺は本能と戦っている？」

本能とはどういう意味だろうかと思っていると、アズール様が深呼吸をして言った。

「うん。大丈夫だ。さぁ、シャルロッテ嬢。今日は楽しもう」

「はい。アズール様」

シュルトン王国の舞踏会場は小さなホールである。

立食形式で脇に食事が並び、街の人々が楽しげな様子で談笑していた。

「アズール・シュルトン国王陛下、並びにご婚約者シャルロッテ・マロー様のご入場です」

音楽が鳴り響く中、私達が入場すると、皆が拍手を送ってくれた。

私達は皆に向かって一礼をする。

アズール様は皆に向かって口を開いた。

「今日は、シャルロッテ嬢がシュルトンへ来てくれたことを祝い、この舞踏会を開いた。いつもとは違う雰囲気ではあるが、大いに楽しもう」

その言葉に、いつもであれば歓声で返す人々が、拍手で返す。

私とアズール様は舞踏会場の中央へと進み出る。

今日のためにアズール様と一緒にダンスの練習もしてきた。

アズール様は体が大きいので、その歩幅に合わせるのが難しかったけれど、私はもともとダンスが好きだったので、すぐに息を合わせることができるようになった。

音楽が鳴り響き始める。

私とアズール様は音楽に乗ってダンスを始める。

美しく整えられた会場で、アズール様と一緒にダンスをしている。まるで夢のような出来事であった。

「アズール様。とても楽しいですね」

私がそう声をかけると、アズール様も笑顔でうなずき返してくれた。

「あぁ。君と一緒に踊ることができるなんて、夢のようだ」

「ふふふ。私もです」

アズール様の正装姿は本当に素敵であった。いつもとは違った衣装なのが理由なのか、いつもよりも色気がある気がして、私は内心そんなことを考えてしまい恥ずかしくなった。

こうやっていつもとは違うアズール様を見られることも嬉しかった。

1曲踊り終わった私たちは一礼し合い、皆の拍手を受ける。

「楽しかったです。ありがとうございます。アズール様」

「いや、こちらこそありがとう。とても楽しかった」

私とアズール様が笑い合うと、もう一度拍手が起こる。

それからのは、いつものように皆が思い思いに踊り始めた。

シュルトンのいつもの和やかなムードに私は笑い、アズール様は苦笑を浮かべた。

私とアズール様も、もちろん街の人々に促されて何度も踊り、楽しい時間を過ごしていったのであった。

夢のような時間はあっという間に過ぎ去っていく。

そして、舞踏会は終わり、静かな夜がやってきた。

私は、アズール様との共同私室にて、今日のことを思い返してため息をついた。

楽しかった。

シュルトンに来てからというもの、楽しいことがたくさんあって、私は笑いが絶えない。

昔はあんなにも感情を表に出すことが怖かったというのに、今では自然と笑っている。

「シャルロッテ嬢。今日は楽しかったな」

夜の支度を済ませたアズール様が入ってきて、私は返事をするようにうなずいた。

「はい。とても楽しかったです」

部屋に控えていた侍女が私とアズール様のために紅茶を淹れなおすと、席を外した。

私はアズール様に向かって尋ねた。

「その……私、頑張ってその、着飾ったのですが……どうでした？」

「へっ？」

アズール様は間の抜けた声を出すと、緊張した面持ちで私の隣に腰掛けて言った。

「いや、その、本当に美しかった」

その言葉に、私は頬が緩む。

なんだろう。アズール様に褒められると、心の中が温かくなってほっこりとする。

「ふふっ。頑張って着飾って良かったです」

アズール様は私のことをじっと見つめると、口を開いた。

「シャルロッテ嬢……」

「はい、アズール様。どうなさいましたか？」

私は言葉を迷うアズール様は珍しいなと思っていると、アズール様は言った。

「シュルトンでも、こうした舞踏会を定期的に、開いていこうと思う」

「え？」

舞踏会を開くのにも予算が必要であり、そこまで頻繁に開くのはどうかと私が言おうとすると、アズール様が言葉を続けた。

「リベラ王国のように、煌びやかなものは無理だけれど……」

その言葉で、アズール様は私のために開こうとしてくださっていることがわかった。

私は優しい人だなと思いながら首を横に振った。

「いいえ、アズール様。いいのです」

「だが……」

「私、シュルトンではこんなに楽しかったけれど、リベラ王国で舞踏会を楽しいだなんて思ったことは一度もないのです」

「え？」

アズール様は困惑した表情を浮かべており、私は答えた。

「リベラ王国での舞踏会というものは、基本的に社交の場です。ですから、ダンスを楽しむことも会話を楽しむこともありません。あれは、社交を広げ、貴族としての立ち位置を決定づけていくものなのです」

その言葉に、アズール様は驚いたような表情を浮かべる。

「そう、か。ふむ。そうだな。リベラ王国ほど大きな国だと、貴族はそのような感じになるのか」

シュルトン王国とは違うということをアズール様は気づき、私はそんなアズール様に言った。

「なので、舞踏会がこんなに楽しいものだとは思っていませんでした」

「シャルロッテ嬢……」

「ですから、アズール様には感謝しております。舞踏会、本当に楽しかったです。ありがとうございました」

私の言葉に、アズール様は微笑むと言った。

「では、やはり定期的に舞踏会を開こう！」

「いえ、それは予算がかかりすぎるので難しいです」

私がそうはっきりと告げると、アズール様はしょんぼりとした。

それが可愛らしくて私は笑ってしまう。

その夜は、いつもよりも長い時間、アズール様といろいろな話をした。

好きな遊びだとか、小さな頃に集めた宝物だとか。

アズール様の話はとても面白かった。

男の子だからなのか、それともシュルトン王国だからなのかはわからないけれど、アズール様はとても行動的な子どもだったようで、私はそんな幼い頃のアズール様も見てみたかったなと思った。

「きっと可愛らしかったでしょうね」

私の言葉にアズール様は首を横に振る。

「シャルロッテ嬢ならば可愛かっただろうが、俺は可愛いなんて言葉は全く似合わなかったぞ。庭師からもよく怒られた」

「まぁ。庭師から？」

「あぁ。ほら、庭に大きな鉱石があるだろう？　あれを切れるんじゃないかと思って切りかかっていたら、運ぶのが大変だったんだから壊されたらたまらないと怒られたんだ。まぁ今では良い思い出だな」

私は笑い、やんちゃなアズール様の幼少期を聞けてとても嬉しかったのであった。

アズール様と話をしていると、本当に毎日が楽しい。

「私、シュルトンに来て本当に良かったです。アズール様に出会えて幸せです」

「シャルロッテ嬢、ありがとう。俺もだ」

私達は笑い合った。

「明日は庭に植えた野菜を一緒に見てくれますか？」

「もちろんだ」

私達は明日の約束をしてから、それぞれの私室に分かれて眠る。

ベッドに入ってから、私は思った。

「早く一緒に眠りたいな」

そう呟いてから、私はなんてはしたないことを考えてしまったのだろうかと、ベッドの中で呻《うめ》いたのであった。

◇◆◇◆◇

翌日、私達は約束通り庭へと出ると、一緒に散歩に出かける。

以前は閑散としていたシュルトンの庭だけれど、今では緑で溢れている。ただし、リベラ王国の庭とは違い、植えられているのはほとんどが食べることができる植物ばかりである。

そんな庭を歩きながら、アズール様が口を開いた。

「こう、もう少し煌びやかなものを植えてもよかったのではないか？」

私はその言葉に小さく笑うと、アズール様の手を引いて、庭の小さな一角へと進んでいく。

その一角だけは、美しい花をたくさん植えたところであった。

「おぉ！　そうそう。こういう美しい花を植えたらいい」

アズール様はやはり美しい花々が好きなのだなと私は思いながら、アズール様に喜んでもらえるようにまた考えてみようと思った。

「こういう可愛らしい花は、君に似合うな」

「え？」

その言葉に、私は少し驚きながら口にした。

「あの、アズール様の好みに合えばと思い植えたのですが……」

尋ねるようにそう口にすると、アズール様は少しばかり目を見開いて、小首を傾げた。

「えっと、いや、俺も美しい花は好きだが……好みがあるほどでは……むしろシャルロッテ嬢が好きな花を植えてもらえた方が嬉しいが」

「えっと……私、アズール様がお花好きな方なのかと、勘違いしていました」

「え？　あぁ、えっと、いや嫌いではないぞ？」

「はい……」

まだまだアズール様のことがわかっていないなと反省していると、アズール様は嬉しそうになぜか微笑み、私の手を握った。

「なんだろうか。すごく、嬉しい」

「え？」

顔を上げると、アズール様が楽しげな様子で目を細めて微笑みを浮かべた。

「君が、俺のことを知ろうとして、喜んでもらいたいというような思いを抱いてくれているのだなと嬉しくなった」

その言葉に、私は大きくうなずくと言った。

「私、アズール様のこと、もっと知りたいです」

もっといろいろと教えてほしい。

好きなもの、好きな食べ物、好きな遊び、いろいろなことを知っていきたい。

「私、アズール様のことを教えていただきたいです」

真っすぐにそう伝えると、アズール様が一瞬固まり、その後、顔を赤らめると小さくうなり声をあげた。

「……すまない……その、君に好かれていると……うぬぼれてしまいそうだ」

私はもう一度大きくうなずいた。

「好かれております」

「え？」

「え？」

私達は顔を見合わせたまま、動きを止める。

私は何かおかしなことを言っただろうか。

アズール様の反応が不思議で、私は自分の中に芽生えた思いを口にした。

「アズール様のことが知りたいのです。アズール様の喜ぶ顔が見たいし、アズール様と一緒にいると幸せです……その、これは、恋、なのだと思います」

真っすぐに、そう伝えると、アズール様は口元を抑えて、3歩ほど私から離れる。

一体どうしたのだろうかと思う。

「アズール様、どうしたのです？」

「少し待ってくれ。君を今すぐ抱きしめたい気持ちと理性が戦っている」

その言葉に、私は驚きながらも、両手を開いた。

「抱きしめてくださいませ」

体の大きなアズール様に抱きしめられるのは、すごく心地がいいし好きだ。してくれるというのであれば、いつでもしてほしいと思う。

そう思い両手を開いたのだけれど、アズール様が突然うめき声をあげた。

「アズール様？」

「純粋すぎる君が……はぁぁぁ。可愛らしい。罪だ。君の可愛さは罪だ」

「え？」

「結婚が遠い……」

「抱きしめて、くださらないのですか？」

次の瞬間、アズール様は私のことを抱き上げると、ぎゅっと抱きしめてくれた。

温かで逞しい胸に顔を埋めると、それだけで幸せな気持ちになるのだ。

「ふふふ。幸せです」

「俺も幸せだ……そう、幸せだが、くっ……」

私はアズール様に抱きしめられながら、幸福な時間を堪能する。

すると、空からキラキラとした光が降り注ぐ。

「天も祝福してくれています」

私がそう言うと、アズール様は言った。

「君が来てから、本当にシュルトンは変わり始めたな」

「そうであれば嬉しいです」

現在シュルトンは畑を作り始め、比較的育ちやすいものから育て始めた。

そして名産品となるものを作るべく動き始めてもいる。

「これからが楽しみですね」

「あぁ」

私達はシュルトンを見つめながら微笑み合う。

渓谷には美しい花が咲き誇っており、魔物が入ってくることもなくなってきている。

問題はあるが、これからも少しずつシュルトンを豊かな土地にしていこうと私は意気込んだのであった。

「アズール様、これからもよろしくお願いいたします」

「あぁ」

私達はこれからのシュルトンに思いを馳《は》せながら、微笑み合ったのであった。

それからしばらくして、新しい新芽が、ひょっこりと顔を出し、風に揺れていた。

番外編　天へ乞い祈る

私とアズール様は文献を調べ、昔行われていたという祭事の復活へ向けて準備を進めていた。

祭事の準備にあたって、どこから品を揃えようかと思っていると、シュルトンを訪れたキャラバンから大量の頂き物をする。

それに驚いた私とアズール様だったけれど、なんとそのキャラバンの長の妻にはヴェローナが納まっており、感謝と謝罪と共に、お礼だと言われた時には驚いたものだ。

ただでは起きない女性だなと思いながらも、つきものが落ちたように旅を楽しむ姿に私はほっと息をついたのであった。

私は毎日天への祈りを捧げていたのだけれど、ずっと胸に引っかかる思いがあった。

それは、歴史書に残されていた祭事のことであった。

天はきっと昔を懐かしく思っているのではないだろうか。

それに私自身、シュルトンの人々にも天に感謝を捧げ、一緒に祈りを捧げてほしいという思いがあった。

これは信仰とか、そういう類《たぐい》のものではない。

思いは力になる。

その力はいずれ、困難に陥った時に大きな力を発揮する。

祭事は、皆の想いを1つにするのではないか、と私は思ったのである。

シュルトンの土地は昔は豊かであったと言う。

天に祈りを乞う私のような乙女がいたことで、魔物を退けてきた。

けれど乙女がいなくなり、この王国は困難に陥った。

その時の混乱は想像するだけでぞっとする。

私が死んだあと、もしかしたら同じようなことがあるかもしれない。

そう思った時、私はこの王国の土台を今のうちに固めるべきだと思った。

そして土台を固めるためには、人々の心を1つにすることは必要不可欠なのである。

だからこそ私は、その思いをアズール様へと伝えた。

「ありがとう。シュルトンのためにいろいろと考えてくれて」

アズール様はすぐに同意して、一緒に歴史書を調べてくださった。

それからは街の人々の力も借りながら、祭壇を作り、私達は祭事を執り行うための準備を進めたのである。

街の人々はとても協力的であった。

それはきっと、シュルトンが少しずつ豊かになっているのを感じていたからこそである。

最近ではトルトの収穫もできるようになり、活気が溢れてきていた。

だからこそ、もっともっとシュルトンを盛り上げたいという人々が多いのだと思う。

「なかなかいい祭壇ができたな」

でき上がった祭壇を見つめながらアズール様がそう呟く。

「はい。立派なものができましたね」

美しい白い祭壇の傍には、香りの良い花がいつの間にか咲き誇り始めていた。

「よし、では今度は衣装だな」

張り切った様子でアズール様はそう言う。

私は衣装については、あまり予算をかけなくていいのにと思ったのだけれど、そこはアズール様が譲らなかった。

そしてそれには、シュルトンの人々からも賛同の声があがった。

「シャルロッテ様の祈りの衣装を見るのを楽しみにしています」

「きっとお美しいでしょうね」

「これが習わしとなり、語り継がれていくと思うと感慨深いですなぁ」

未来のことまで想像する人が現れて、私は微笑ましく思う。

語り継がれるくらい、この王国が繁栄するといいなぁと思う。

私とアズール様は一度王城へ帰ると、すでに仕立て屋が到着していた。

衣装のデザインは既に決められており、今日は試作品を試着する予定である。

白い布を基調としており、そこにフリルがあしらわれている。

レースがとても可愛いらしく、素敵なデザインであった。

「綺麗に仕上がっていますね」

ドレスを見ながらそう声をかけると、アズール様が小さく咳払いをするのが聞こえた。

なんだろうかと思っていると、仕立て屋は笑顔で言った。

「さぁ、では、一度試着をいたしましょう」

「えぇ。わかりました。アズール様、すぐに着てきますね」

「あぁ。楽しみにしている」

アズール様はうきうきした様子で、とてもその様子が可愛らしいなと思ってしまう。

洋服を試着すると、少しだけ胸元の開きが大胆すぎるような気がした。

そう思いながらも、舞踏会のドレスなどではこれよりも大胆なものを着たこともあったので
大丈夫かと思い、アズール様の元へと向かう。

「アズール様、着てみました。どうでしょうか」

そう言うと、アズール様が私の方を振り返り、そして見た途端に、一瞬で上着を脱いで私の肩に被せる。

「え？」

動揺していると、アズール様の耳が真っ赤に染まっている。

「どうしたのですか？」

「ちょっと待ってくれ。それは、胸元が大胆すぎる。だめだ。シュルトンではそのように大胆な服装は、結婚相手にしか見せない」

アズール様の言葉に、仕立て屋が口を開いた。

「最近都会ではこうしたドレスが流行しているとのことでして、ご提案させていただいたのですが、やはり大胆すぎましたか？」

その言葉にアズール様はうなずく。

「あぁ。さすがに、これはいけない。俺は嬉しいが……違う。俺以外には見せたくない……違う。えっと、その、祭事であるし、やはり厳《おごそ》かなドレスの方がいいだろう」

部屋の中では数人の侍女や執事達が笑いを堪えている。

私は素直に笑みを浮かべて言った。

「アズール様は、こうした衣装もお嫌いではないのですね？」

「え？　あ、いや、それはっ！」

「ふふふ」

「シャルロッテ嬢！　あまりからかわないでくれ！」

「だって、ふふふ。アズール様の好みを知ることができて嬉しいです」

「あ、違うぞ！　シャルロッテ嬢ならば何を着ても似合う！　だから、その、俺の好みとかそういうのではないのだ！」

慌ててアズール様がそう言うものだから、もう控えていたローリーは笑いを堪えられなくなり吹き出した。

「あはははは。申し訳ありません。もう、我慢が……」

「ふふふ。ローリーは正直ねぇ」

「ローリー……はぁ。お手上げだ。まぁとにかく、胸元はもう少し布を増やしてくれ。だが、ドレス自体はとても美しい」

「私はどうですか？」

いたずら心からそう尋ねると、アズール様はうっと言葉を詰まらせた後に、私の耳元でささやいた。

「それは、もちろん美しい」

私は耳を抑えて、ぱっとアズール様から一歩後ろへと下がった。

耳が熱い。

「シャルロッテ嬢？」

首を傾げるアズール様に、私はなんとも言えず、熱くなった頬を覚ますように手で扇ぐと言った。

「もう。アズール様は無自覚に私をドキドキさせるのをやめてくださいませ」

その言葉にアズール様は驚いたような顔をする。

「それは、こっちのセリフだが」

「え？　いいえ。私のセリフですわ」

「いやいやいや。君が可愛いことを言う度に、俺がどんな思いでいると思っているのだ？」

「あら、それなら私がアズール様にドキッとすることをされて、いつもどのように思っているかご存じ？」

私達がそう言い合った時、ローリーがコホンと咳払いをした。

「お二人とも、仲睦《なかむつ》まじいのはわかりますが、いちゃいちゃするのは後の方がいいかもしれません」

私達は慌てふためく。

「え、え、え？　い、いちゃいちゃなんてしてませんわ」

「そ、そうだぞ！　いちゃいちゃしてないぞ！」

そう言った私達のことを、部屋にいる皆が生温かな視線で見つめてくるので、私達は顔を赤らめて、静かに黙ったのであった。

それから私は服を着替えると、衣装の調整をしていく。

「ここの胸元に、レースを増やしていただけますか？」

「あと、ここの部分には花をつけたらどうだろうか。華やかになる」

楽しそうなアズール様を見て、部屋の入り口に控えている騎士達は、あれが鬼のような形相《ぎょうそう》で魔物を薙ぎ倒す国王陛下と同一人物なのだろうか、と内心驚いている。

衣装の細かなところまで決め終わり、私達は着々と祭事の準備を進めていった。

準備が1つ終わるごとに、街の人と共に喜び合った。


そして祭事当日、私達は朝から準備に追われていた。

私は、歴史書に書かれていた、祭事での乙女の習わしを辿《たど》っていく。

朝食をとったあと、みそぎを済ませ、そして衣装に着替えて精神を落ち着けていく。

街はお祭りの雰囲気であり、屋台が立ち並ぶけれど、祭事の時間になると皆が広場に集まり、祭壇を見上げた。

アズール様と手を繋ぎ、私は一歩ずつ祭壇へと昇っていく。

「シャルロッテ嬢、緊張しているか？」

その言葉に、私は静かにうなずいた。

「はい。緊張しています。シュルトン王国の新たな祭事の始まりですから、緊張しますわ」

ドキドキする胸を抑えてそう告げると、アズール様が私の手をぎゅっと握り言った。

「シュルトン王国に来てくれて、本当にありがとう」

アズール様にそう言われ、私は少し緊張がほぐれる。

「私も、この王国に来られて良かったです。もしかしたら、天の導きかもしれませんね」

そう告げると、アズール様が微笑む。

「そうかもしれないな。そうであるならば、天に感謝だ」

私はうなずき、祭壇の最上段へと昇る。

アズール様は一段下で控えており、私は広場を見下ろすと、ゆっくりと深呼吸を行う。

大丈夫だと自分を落ち着けてから、広場にいる人々に声をかける。

「天に感謝を告げ、シュルトン王国の繁栄を祈り願います。皆様もどうか、ご一緒に天への祈りを捧げましょう」

返事をするわけではなく、皆が空に向かって祈りを捧げる。
私は願いを込めて空へと祈る。
どうかシュルトン王国が緑豊かな大地となり、平和で末永く続いていきますように。
風が吹き抜けていくのが止まり、音がやむ。
シンと静まり返った時、雨粒がポツリと落ちた。
「雨だ」
誰かの呟きが聞こえた。
雨はざぁぁっと一気に降り始め、人々は歓喜した。
空には虹がかかり、美しい雨が大地を濡らす。
天が祈りに応えた。
広場に集まった人々から歓声があがった。
「シュルトン王国万歳！」
「シャルロッテ様万歳！」
声が重なり合い、人々の喜ぶ声が聞こえた。
その時、広場で音楽が奏でられ始め、あっという間にその場で踊る人々が出てくる。
そして、そこから声があがった。

「アズール様！　シャルロッテ様！　踊ってください！」

「さぁ、皆で踊り、雨を喜ぼう！」

「音楽を響かせろ！　空へと感謝を伝えるのだ！」

街の人々はそう声をあげる。

アズール様は祭壇へ昇ってくると、私の手を取った。

「シャルロッテ嬢。さぁ踊ろう。皆と共に、雨を祝おう」

祈りの仕方も感謝の仕方も千差万別。

ただ、想いよ届け、という願いは大切なことだ。

音楽に合わせて、私はアズール様と踊る。

決して舞踏会のようなおしゃれなダンスではない。けれど、心の赴くままに、アズール様と共に踊ることは、今までのどんなダンスよりも楽しかった。

「アズール様！　楽しいですね」

「あァ。とても」

私達は踊りあう。

街の人々も踊り合い、そして笑い合った。

きっと昔の祭事とは全く違うだろう。

けれど今、確かにシュルトンの人々は心を1つにして、祈りと感謝を捧げていた。

私はその光景を目に焼き付ける。

そして祈りを捧げた。

どうか、シュルトン王国が、シュルトンに住む人々が、どうかどうか幸せでありますように。

そのために力を貸してほしいと私は願う。

その瞬間、空からキラキラと美しい光が舞い落ちた。

花の芳醇《ほうじゅん》な香りが街を包み込む。

街の人々から歓喜の声があがった。

「シャルロッテ嬢」

「アズール様」

私達は手を取り合って空を見上げる。

青い空に虹が、美しく輝いて見えた。

街の人々から歓声があがる。

街の人も交えてのお祭り騒ぎであった。

祭事が終わると、街の人々の活気が増した。

屋台には人が立ち並び、街には音楽が鳴り響く。

私達は、夢のように楽しい一夜を過ごす。

こんな風に活気に溢れたシュルトンで、私はアズール様と共に生きていけることを嬉しく思ったのであった。

あとがき

皆様初めまして。作者のかのんと申します。

『感情が天候に反映される特殊能力持ち令嬢は婚約解消されたので不毛の大地へ嫁ぎたい』を読んでくださりありがとうございます。


この物語の主人公であるシャルロッテは、自分の感情を押し殺し、制御し、そんな中でも直《ひた》向きに努力を重ねてきた少女です。

彼女の初恋は、自分には表すことのできない喜怒哀楽への憧れでもありました。そんなシャルロッテは新たな地にて、心から笑顔になることができます。そうして自らの感情を表すことによって過去の初恋を乗り越え、新たな恋に向き合い始めるのです。

そして、そんなシャルロッテを愛で包み込むのは、魔物を軽々と薙ぎ倒すことができる国王アズールです。

アズールは皆の憧れの的である男性ですが、シャルロッテの前だと可愛らしい一面がたくさん見えてきます。

二人の恋の行く末と、王国の危機、それを物語では描きましたが、楽しんでいただけたのならば幸いです。

「天候令嬢」のイラストを美しく描いてくださった夜愁とーや先生には、感謝の気持ちでいっぱいです。

シャルロッテは大変可愛らしく、そしてアズールは男らしくがっしりとしていて、胸がきゅんと高鳴りました。

また、この物語を作るにあたり制作に携わってくださったツギクルブックス様、編集様、その他関係各所の皆様に、心よりの感謝をお伝えいたします、ありがとうございます。

読者の皆様、最後まで読んでくださりありがとうございました。

またどこかでお会いできる日が来ますように。

失礼いたします。

かのん

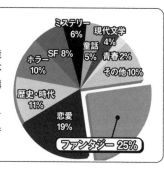

あなた方の元に戻るつもりはございません！
著：火野村志紀
イラスト：天城望
特別な力？　戻ってきてほしい？
ほっといてください！
私、義子をかわいがるのにいそがしいんです！

ざまぁされた王子の三度目の人生
著：海野《うみの》はな
イラスト：梅之シイ
前々世で婚約破棄した元婚約者に
今世で
ひとめぼれ!?
傲慢な王子だった俺・クラウスは、卒業パーティーで婚約破棄を宣言して、鉱山送りにされてしまう。そこでようやく己の過ちに気が付いたがもう遅い。毎日汗水たらして働き、一度目の人生を終える。
二度目は孤児に生まれ、三度目でまた同じ王子に生まれ変わった俺は、かつての婚約破棄相手にまさかの一瞬で恋に落ちた。
今度こそ良き王になり、彼女を幸せにできるのか……？
これは駄目王子がズタボロになって悟って本気で反省し、三度目の人生でかつての過ちに悶えて黒歴史発作を起こしながら良き王になり、婚約破棄相手を幸せにすべく奔走する物語。
定価1,320円（本体1,200円＋税10%）　978-4-8156-2306-7
ツギクルブックス
https://books.tugikuru.jp/

追放
悪役令嬢の旦那様
著／古森きり
イラスト／ゆき哉
1～7
マンガPark
「マンガPark」（白泉社）で
©HAKUSENSHA
コミカライズ好評連載中！
謎持ち悪役令嬢
第4回ツギクル小説大賞
大賞受賞作
規格外の旦那様と辺境ライフはじめます!!!
卒業パーティーで王太子アレファルドは、
自身の婚約者であるエラーナを突き飛ばす。
その場で婚約破棄された彼女へ手を差し伸べたのが運の尽き。
翌日には彼女と共に国外追放＆諸事情により交際0日結婚。
追放先の隣国で、のんびり牧場スローライフ！
……と、思ったけれど、どうやら彼女はちょっと変わった裏事情持ちらしい。
これは、そんな彼女の夫になった、ちょっと不運で最高に幸福な俺の話。
定価1,320円（本体1,200円＋税10%）
ISBN978-4-8156-0356-4
ツギクルブックス
https://books.tugikuru.jp/

誰だって、一度は試してみたい『異世界へ行く方法』。それが、ただ紙に『飽きた』と書いて眠るだけなら、お手軽＆暇つぶしには丁度いい。人生に飽きたわけではないけれど、平凡な生活に何か気晴らしをと、木間みどりはささやかな都市伝説を試して眠った。

そうして、目覚めたら本当に異世界！　目の前には顔の良い……自称お兄さま！

どうやら木間みどりは、『婚約者である王太子が平民の少女に心変わりして婚約破棄された末、首を吊った』悪役令嬢の代役として抜擢されたらしい。

舞台から自主撤退された御令嬢の代わりに、「連中に復讐を」と願うお兄さまの顔の良さにつられて、ホイホイと木間みどりは公爵令嬢ライラ・ヘルツィーカとして物語の舞台に上がるのだった。

定価1,320円（本体1,200円＋税10%）　978-4-8156-2273-2

ツギクルブックス　https://books.tugikuru.jp/

追放聖女の
勝ち上がりライフ
1~2
著：まゆらん
イラスト：とぐろなす
追放されたら……
偽聖女から大聖女!?
コミカライズ「ヤングキングラムダ」で好評連載中！
グラス森討伐隊で働く聖女シーナは、婚約者である第三王子にお気に入りの侯爵令嬢を虐めたという理由で婚約破棄＆追放を言い渡される。
その瞬間、突然、前世で日本人であった記憶を思い出す。
自分が搾取されていたことに気づいたシーナは喜んで婚約破棄を受け入れ、可愛い侍女キリのみを供に、魔物が蔓延るグラス森に一歩踏み出した——
虐げられていた追放聖女がその気もないのに何となく勝ち上がっていく異世界転生ファンタジー、開幕！
定価1,320円（本体1,200円＋税10%） ISBN978-4-8156-1657-1
ツギクルブックス
https://books.tugikuru.jp/

2024年1月、
最新16巻
発売予定！
もふもふを知らなかったら人生の半分は無駄にしていた
1～15
著／ひつじのはね
イラスト／戸部淑
冒険あり、癒しあり、笑いあり、涙あり
もふもふたちに囲まれた
異世界スローライフ！
魂の修復のために異世界に転生したユータ。異世界で再スタートすると、
ユータの素直で可愛らしい様子に周りの大人たちはメロメロ。おまけに妖精たちがやってきて、
魔法を教えてもらえることに。いろんなチートを身につけて、目指せ最強への道？？
いえいえ、目指すはもふもふたちと過ごす、
穏やかで厳しい田舎ライフです！
転生少年ともふもふが織りなす
異世界ファンタジー、開幕！
定価1,320円（本体1,200円＋税10%）　ISBN978-4-8156-0334-2
ツギクルブックス
https://books.tugikuru.jp/

ツギクルブックス

愛読者アンケートに回答してカバーイラストをダウンロード！


愛読者アンケートや本書に関するご意見、かのん先生、夜愁とーや先生へのファンレターは、下記のURLまたは右のQRコードよりアクセスしてください。

アンケートにご回答いただくとカバーイラストの画像データがダウンロードできますので、壁紙などでご使用ください。

https://books.tugikuru.jp/q/202310/kanjougatenkou.html

本書は、「小説家になろう」（https://syosetu.com/）に掲載された作品を加筆・改稿のうえ書籍化したものです。

感情《かんじょう》が天候《てんこう》に反映《はんえい》される特殊能力《とくしゅのうりょく》持《も》ち令嬢《れいじょう》は婚約解消《こんやくかいしょう》されたので不毛《ふもう》の大地《だいち》へ嫁《とつ》ぎたい

2023年10月25日　初版第1刷発行

著者　かのん

発行人　宇草 亮
発行所　ツギクル株式会社
〒106-0032　東京都港区六本木2-4-5
TEL 03-5549-1184
発売元　SBクリエイティブ株式会社
〒106-0032　東京都港区六本木2-4-5
TEL 03-5549-1201

イラスト　夜愁とーや
装丁　ツギクル株式会社

印刷・製本　中央精版印刷株式会社

定価はカバーに表示してあります。

乱丁本、落丁本はお取り替えいたします。

ISBN978-4-8156-2307-4
Printed in Japan